文通天下

突　破　认　知　的　边　界

八千岁

汪曾祺 | 著

读者出版社

目录

据说他是靠八千钱起家的，

所以大家背后叫他八千岁。

王四海的黄昏

北门外有一条承志河。承志河上有一道承志桥，是南北的通道，每天往来行人很多。这是座木桥，相当宽。这桥的特别处是上面有个顶子，不方不圆而长，形状有点像一个船篷。桥两边有栏杆，栏杆下有宽可一尺的长板，就形成两排靠背椅。夏天，常有人坐在上面歇脚、吃瓜；下雨天，躲雨。人们很喜欢这座桥。

桥南是一片旷地。据说早先这里是有人家的，后来一把火烧得精光，就再也没有人来盖房子。这不知是哪一年的事了。现在只是一片平地，有一点像一个校场。这就成了放风筝、踢毽子的好地方。小学生放了学，常到这里来踢皮球。把几个书包往两边一放，这就是球门。奔跑叫喊了一气，滚得一身都是土。不知是谁喊了一声："回家吃饭啰！"于是提着书包，紧紧裤子，一窝蜂散去。

这又是各种卖艺人作场的地方。耍猴的。猴能爬旗杆，还能串戏——自己打开箱子盖，自己戴帽子，戴胡子。最好看的是猴子戴了"鬼脸"——面具，穿一件红袄，帽子上还有两根野鸡毛，骑羊。老绵羊围着场子飞跑，颈项里挂了一串铜铃，哗零零零地响。耍木头人戏的，老是那一出：《王香打虎》。王香的父亲上山砍柴，被老虎吃了。王香赶去，把老虎打死，从老虎的肚子里把父亲拉出来。父亲活了。父子两人抱在一起——完了。王香知道父亲被老虎吃了，感情很激动。那表达的方式却颇为特别：把一个木头脑袋在"台"口的栏杆上磕碰，碰得笃笃地响，"嘴"里"呜丢丢，呜丢丢"地哭诉着。这大概是所谓"呼天抢地"吧。围看的大人和小孩也不知看了多少次《王香打虎》了（王香已经打了八百年的老虎了，——从宋朝算起），但当看到王香那样激烈地磕碰木头脑袋，还是会很有兴趣地哄笑起来。耍把戏。铛铛铛铛……铛——！铜锣声切住。"在家靠父母，出外靠朋友。有钱的帮个钱场子，没钱的帮着人场子。”——“小把戏！玩几套？”——“玩三套！”于是一个瘦骨伶仃的孩子，脱光了上衣（耍把戏多是冬天），两手握着一根小棍，把两臂从后面撅——撅——撅，直到有人“哗叉哗叉”——投出铜钱，这才撅过来。一到要表演“大卸八块”了，有的妇女就急忙丢下几个钱，神色紧张地掉头走了。有时，腊月送灶以后，旷场上立起两根三丈长的杉篙，当中又横搭一根，人们就知道这是来了耍“大把戏”的，大年初一，要表演“三上吊”了。所谓“三上吊”，是把一个女孩的头发（长发，原来梳着辫子），用烧酒打湿，在头顶心攥紧，系得实实的；头发挽扣，一根长绳，掏进发扣，用滑车拉上去，这女孩就吊在半空中了。下面的大人，把这女孩来回推晃，女孩子就在半空中悠动起来。除了做寒鸭凫水、童子拜观音等等动作外，还要做脱裤子、穿裤子的动作。这女孩子穿了八条裤子，在空中把七条裤子一条一条脱下，又一条一条穿上。这女孩子悠过来，悠过去，就是她那一把头发拴在绳子上……

到了有卖艺人作场，承志桥南的旷场周围就来了许多卖吃食的。卖烂藕的，卖煮荸荠的，卖牛肉高粱酒，卖回卤豆腐干，卖豆腐脑的，吆吆喝喝，异常热闹。还有卖梨膏糖的。梨膏糖是糖稀、白砂糖，加一点从药店里买来的梨膏熬制成的，有一点梨香。一块有半个火柴盒大，一分厚，一块一块在一方木板上摆列着。卖梨膏糖的总有个四脚交叉的架子，上铺木板，还装饰着一些绒球、干电池小灯泡。卖梨膏糖全凭唱。他有那么一个六角形的小手风琴。本地人不识手风琴，管那玩意叫“呜哩哇”，因为这东西只能发出这样三个声音。卖梨膏糖的把木架支好，就拉起“呜哩哇”唱起来：

“太阳出来一点（呐）红，
秦琼卖马下山（的）东。
秦琼卖了他的黄骠（的）马啊，
五湖四海就访（啦）宾（的）朋！”
“呜哩呜哩哇，
呜哩呜哩哇……”

这些玩意儿，年复一年，都是那一套，大家不免有点看厌了，虽则到时还会哄然大笑，会神色紧张。终于有一天，来了王四海。

有人跟卖梨膏糖的说：

“嗨，卖梨膏糖的，你的嘴还真灵，你把王四海给唱来了！”

“我？”

“你不是唱‘五湖四海访宾朋’吗？王四海来啦！”

“王四海？”

卖梨膏糖的不知王四海是何许人。

王四海一行人下了船，走在大街上，就引起城里人的注意。一共七个人。走在前面的是一个小小子，一个小姑娘，一个瘦小但很精神的年轻人，一个四十开外的彪形大汉。他们都是短打扮，但是衣服的式样、颜色都很时髦。他们各自背着行李，提着皮箱。皮箱上贴满了轮船、汽车和旅馆的圆形的或椭圆形的标记。虽然是走了长路，但并不显得风尘仆仆。脚步矫健，气色很好。后面是王四海。他戴了一顶兔灰色的呢帽，穿了一件酱紫色烤花呢的大衣——虽然大衣已经旧了，可能是在哪个大城市的拍卖行里买来的。他空着手，什么也不拿。他一边走，一边时时抱拳向路旁伫看的人们致意。后面两个看来是伙计，穿着就和一般要把戏的差不多了。他们一个挑着一对木箱，一个扛着一捆兵器——枪尖刀刃都用布套套着，一只手里牵着一头水牛。他们走进了五湖居客栈。

卖艺的住客栈，少有。——一般要把戏卖艺的都是住庙，有的就住在船上。有人议论：“五湖四海，这倒真应了典了。”

这地方把住人的旅店分为两大类：房间“高尚”，设备新颖，软缎被窝，雪白毛巾，带点洋气的，叫旅馆，门外的招牌上则写作“××旅社”；较小的仍保留古老的习惯，叫客栈，甚至更古老一点，还有称之为“下处”的。客栈的格局大都是这样：两进房屋，当中有个天井，有十来个房间。砖墙、矮窗。不知什么道理，客栈的房间哪一间都见不着太阳。一进了客栈，除了觉得空气潮湿，还闻到一股长期造成的洗脸水和小便的气味。这种气味一下子就抓住了旅客，使他们觉得非常亲切。对！这就是他们住惯了的那种客栈！他们就好像到了家了。客栈房金低廉，若是长住，还可打个八折、七折。住客栈的大都是办货收账的行商、细批流年的命相家、卖字画的、看风水的、走方郎中、草台班子“重金礼聘”的名角、寻亲不遇的落魄才子……一到晚上，客栈门口就挂出一个很大的灯笼。灯笼两侧贴着扁宋体的红字，一侧写道：“招商客栈”，一侧是“近悦远来”。

五湖居就是这样一个客栈。这家客栈的生意很好，为同行所艳羡。人们说，这是因为五湖居有一块活招牌，就是这家的掌柜的内眷，外号叫貂蝉。叫她貂蝉，一是因为她长得俊俏；二是因为她丈夫比她大得太多。她二十四五，丈夫已经五十大几，俨然是个董卓。这董卓的肚脐可点不得灯，他瘦得只剩一把骨头，是个痨病胎子。除了天气好的时候，他起来坐坐，平常老是在后面一个小单间里躺着。栈里的大小事务，就都是貂蝉一个人张罗着。其实也没有多少事。客人来了，登店簿，收押金，开房门；客人走时，算房钱，退押金，收钥匙。她识字，能写会算，这些事都在行。泡茶、灌水、扫地、抹桌子、替客人跑腿买东西，这些事有一个老店伙和一个小孩子支应，她用不着管。春夏天长，她成天坐在门边的一张旧躺椅上嗑瓜子，有时轻轻地哼着小调：

一把扇子七寸长，
一个人扇风二人凉……

或拿一面镜子，用一把小镊子对着镜子夹眉毛。觉得门前有人走过，就放下镜子看一眼，似有情，又似无意。

街上人对这个女店主颇有议论。有人说，她是可以陪宿的，还说过夜的钱和房钱一块结算，账单上写得明明白白：房金多少，陪宿几次。有人说：“别瞎说！你嘴上留德。人家也怪难为，嫁了个痨病壳子，说不定到现在还是个黄花闺女！”

这且不言。却说王四海一住进五湖居，下午就在全城的通衢要道，热闹市口贴了很多海报。打武卖艺的贴海报，这也少有。海报的全文上一行是：“历下王四海献艺”；下行小字：“每日下午承志桥”。语意颇似《老残游记》白妞黑妞说书的招贴。大抵齐鲁人情古朴，文风也简练如此。

第二天，王四海拿了名片到处拜客。这在县城，也是颇为新鲜的事。商会会长、重要的钱庄、布店、染坊、药铺，他都投了片子，进去说了几句话，无非是：“初到宝地，请多关照。”随即留下一份红帖。凭帖入场，可以免费。他的名片上印的是：

南北武术　力胜牯牛

大力士　王四海

山东济南

他到德寿堂药铺特别找管事的苏先生多谈了一会儿。原来王四海除了“献艺”，还卖膏药。熬膏药需要膏药黐子——这东西有的地方叫作“膏药粘”，状如沥青，是一切膏药之母。叙谈结果，德寿堂的管事同意八折优惠，先货后款——可以赊账。王四海当即留下十多张红帖。

至于他给女店主送去几份请帖，自不待说。

王四海献艺的头几天，真是万人空巷。

打虎亲兄弟，上阵父子兵。王四海的这个武术班子，都姓王，都是叔伯兄弟，侄儿侄女。他们走南闯北，搭过很多班社，走过很多码头。大概五省联军总司令孙传芳到过的地方，他们也都到过。他们在上海大世界、南京夫子庙、汉口民众乐园、苏州玄妙观，都表演过。他们原来在一个相当大的马戏杂技团，后来这个杂技团散了，方由王四海带着，来跑小码头。

锣鼓声紧张热烈。虎音大锣，高腔南堂鼓，听着就不一样。老远就看见铁脚高杆上飘着四面大旗，红字黑字，绣得分明：“以武会友”“南北武术”“力胜牯牛”“祖传膏药”。场子也和别人不一样，不是在土地上用锣槌棒画一个圆圈就算事，而是有一圈深灰色的帆布帷子。入门一次收费，中场不再零打钱。这气派就很

"高尚"。

玩意儿也很地道。真刀真枪，真功夫，很干净，很漂亮，很文明——没有一点野蛮、恐怖、残忍。

彪形大汉、精干青年、小小子、小姑娘，依次表演。或单人，或对打。三节棍、九节鞭、双手带单刀破花枪、双刀进枪、九节鞭破三节棍……

掌声，叫好。

王四海在前面表演了两个节目：护手钩对单刀、花枪，单人猴拳。他这猴拳是南派。服装就很慑人。一身白。下边是白绸肥腿大裆的灯笼裤，上身是白紧身衣，腰系白铜大扣的宽皮带，脉门上戴着两个黑皮护腕，护腕上两圈雪亮的泡钉。果是身手矫捷，状如猿猴。他这猴拳是带叫唤的，当他尖声长啸时，尤显得猴气十足。到他手搭凉棚，东张西望，或缩颈曲爪搔痒时，周围就发出赞赏的笑声。——自从王四海来了后，原来在旷场上踢皮球的皮孩子就都一边走路，一边模仿他的猴头猴脑的动作，尖声长啸。

猴拳打完，彪形大汉和精干青年就卖一气膏药。一搭一档，一问一答。他们的膏药，就像上海的黄楚九大药房的"百灵机"一样，"有意想不到之效力"，什么病都治：五劳七伤、筋骨疼痛、四肢麻木、半身不遂、臌胀噎嗝、吐血流红、对口搭背、无名肿毒、梦遗盗汗、小便频数……甚至肾囊阴湿都能包好。

“那位说了，我这是臊裆——”

“对，俺的性大！”

“恁要是这么说，可就把自己的病耽误了！”

“这是病？”

“这是阳弱阴虚，肾不养水！”

“这是肾亏？”

“对了！一天两天不要紧。一月两月也不要紧。一年两年，可就坏了事了！”

“坏了啥事？”

“妨碍恁生儿育女。不孝有三，无后为大。全凭一句话，提醒懵懂人。买几帖试试！”

“能见效？”

“能见效！一帖见好，两帖去病，三帖除根！三帖之后，包管恁身强力壮，就跟王四海似的，能跟水牛摔跤。买两帖，买两帖。不多卖！就这二三十张膏药，卖完了请看王四海力胜牯牛——跟水牛摔跤！”

这两位绕场走了几圈，人们因为等着看王四海和水牛摔跤，膏药也不算太贵，而且膏药黐乌黑发亮，非同寻常，疑若有效，不大一会儿，也就卖完了。这时一个伙计已经把水牛牵到场地当中。

王四海再次上场，换了一身装束，斗牛士不像斗牛士，摔跤手不像摔跤手。只见他上身穿了一件黑大绒的褡膊，上绣金花，下身穿了一条紫红库缎的裤子，足蹬黑羊皮软靴。上场来，双手抱拳，作了一个罗圈揖，随即走向水牛，双手扳住牛犄角，浑身使劲。牛也不瓤，它挺着犄角往前顶，差一点把王四海顶出场外。王四海双脚一跺，钉在地上，牛顶不动他了。等王四海拿出手来，拉了一个山膀，再度攥住牛角，水牛又拼命往后退，好赖不让王四海把它扳倒。王四海把牛拽到场中，运了运气。当他又一次抓到牛角时，这水牯牛猛一扬头，把王四海扔出去好远。王四海并没有摔倒在地，而是就势翻了一串小翻，身轻如燕，落地无声。

“好！”

王四海绕场一周，又运了运气。老牛也哞哞地叫了几声。

正在这牛颇为得意的时候，王四海突然从它的背后蹿到前面，手扳牛角，用尽两膀神力，大喝一声：“嗨咿！”说时迟，那时快，只听见“吭腾”一声，水牛已被摔翻在地。

“好！！”

全场爆发出炸雷一样的喝彩声。

王四海抬起身来，向四面八方鞠躬行礼，表示感谢。他这回行的不是中国式的礼，而是颇像西班牙的斗牛士行的那种洋礼，姿势优美，风度颇似泰隆宝华[①]，越显得飒爽英俊，仪表非凡。全场男女观众纷纷起立，报以掌声。观众中的女士还不懂洋规矩，否则她们是很愿意把一把一把鲜花扔给他的。他在很多观众的心目中成了一位英雄。他们以为天下英雄第一是黄天霸，第二便是王四海。有一个挨着貂蝉坐的油嘴滑舌的角色大声说："这倒真是一位吕布！"

貂蝉白了他一眼，没有说话。

观众散场。老牛这时已经起来。一个伙计扔给它一捆干草，它就半卧着吃了起来。它知道，收拾刀枪、拆帆布帷子，总得有一会儿，它尽可安安静静地咀嚼。——它一天只有到了这会儿才能吃一顿饱饭呀。这一捆干草就是它摔了一跤得到的报酬。

不几天，王四海在离承志桥不远的北门外大街上租了两间门面，卖膏药。他下午和水牛摔跤，上午坐在膏药店里卖膏药。王四海为人很"四海"，善于应酬交

① 编者注：即泰隆·鲍华，二十世纪美国著名男演员。

际。膏药店开张前一天，他把附近较大店铺的管事的都请到五柳园吃了一次早茶，请大家捧场。果然到开张那天，王四海的铺子里就挂满了同街店铺送来的大红蜡笺对子、大红洋绉的幛子。对子大部分都写的是："生意兴隆通四海，财源茂盛达三江"。幛子上的金字则是"名扬四海""四海名扬"，一碗豆腐，豆腐一碗。红通通的一片，映着兵器架上明晃晃的刀枪剑戟，显得非常火炽热闹。王四海有一架RCA老式留声机，就搬到门口唱起来。不过他只有三张唱片，一张《毛毛雨》、一张《枪毙阎瑞生》、一张《洋人大笑》，只能翻来覆去地调换。一群男女洋人在北门外大街笑了一天，笑得前仰后合，上气不接下气。

承志河涨了春水，柳条儿绿了，不知不觉，王四海来了快两个月了。花无百日红，王四海卖艺的高潮已经过去了。看客逐渐减少。城里有不少人看"力胜水牛"已经看了七八次，乡下人进城则看了一次就不想再看了——他们可怜那头牛。

这天晚上，老大（彪形大汉）、老六（精干青年）找老四（王四海）说"事"。他们劝老四见好就收。他们走了那么多码头，都是十天半拉月，顶多一个"号头"（一个月，这是上海话），像这样连演四十多场

（刨去下雨下雪），还没有过。葱烧海参，也不能天天吃。就是海京伯来了，也不能连满仨月。要是“瞎”在这儿，败了名声，下个码头都不好走。

王四海不说话。

他们知道四海为什么留恋这个屁帘子大的小城市，就干脆把话挑明了。

“俺们走江湖卖艺的，最怕在娘们身上栽了跟头。寻欢作乐，露水夫妻，那不碍。过去，哥没问过你。你三十往外了，还没成家，不能老叫花猫吃豆腐。可是这种事，认不得真，着不得迷。你这回，是认了真，着了迷了！你打算怎么着？难道真要在这儿当个吕布？你正是好时候，功夫、卖相，都在那儿摆着。有多少白花花的大洋钱等着你去挣。你可别把一片锦绣前程自己白白地葬送了！俺们老王家，可就指望着你啦！”

“好事不出门，坏事传千里，没有不透风的墙。你听到这儿人的闲言碎语了么？别看这小地方的人，不是好欺的。墙里开花墙外香，他们不服这口气。要是叫人家堵住了，敲一笔竹杠是小事；绳捆索绑，押送出境，可就现了大眼了。一世英名，付之流水。四哥，听兄弟一句话，走吧！”

王四海还是不说话。

“你说话，说一句话呀！”

王四海说：“再续半个月，再说。”

老大、老六摇头。

王四海的武术班子真是走了下坡路了，一天不如一天。老大、老六、侄儿、侄女都不卖力气。就是两个伙计敲打的锣鼓，也是没精打采的。王四海怪不得他们，只有自己格外“卯上”。山膀拉得更足，小翻多翻了三个，“嗨咿”一声也喊得更为威武。就是这样，也还是没有多少人叫好。

这一天，王四海和老牛摔了几个回合，到最后由牛的身后蹿出，扳住牛角，大喝一声，牛竟没有倒。

观众议论起来。有人说王四海的力气不行了，有人说他的力气已经用在别处了。这两人就对了对眼光，哈哈一笑。有人说：“不然，这是故意卖关子。王四海今天准有更精彩的表演。——瞧！”

王四海有点沉不住气，寻思：这牛今天是怎么了？一面又绕场一周，运气，准备再摔。不料，在他绕场、运气的时候，还没有接近老牛，离牛还有八丈远，这牛“吭腾”一声，自己倒了！

观众哗然，他们大笑起来。他们明白了：“力胜牯牛”原来是假的。这牛是驯好了的。每回它都是自己倒下，王四海不过是在那里装腔作势做做样子。这回不知怎么出了岔子，露了馅了。也许是这牛犯了牛脾气，再不就是它老了，反应迟钝了……大家一哄而散。

王家班开了一个全体会议，连侄儿、侄女都参加。一致决议：走！明天就走！

王四海说，他不走。

“还不走！你真是害了花疯啦！那好，将军不下马，各自奔前程。你不走，俺们走，可别怪自己弟兄不义气！栽到这份上，还有脸再在这城里待下去吗？”

王四海觉得对不起叔伯兄弟，他什么也不要，只留下一对护手钩，其余的，什么都叫他们带走。他们走了，连那条老牛也牵走了。王四海把他们送到码头上。

老大说：“四兄弟，我们这就分手了。到了那儿，给你来信。你要是还想回来，啥时候都行。”

王四海点点头。

老六说：“四哥，多保重。——小心着点！”

王四海点点头。

侄儿侄女给王四海行了礼，说：“四叔，俺们走了！”说着，这两个孩子的眼泪就下来了。王四海的心里也是酸酸的。

王四海一个人留下来，卖膏药。

他到德寿堂找了管事苏先生。苏先生以为他又要来赊膏药黐子，问他这回要多少。王四海说：

"苏先生，我来求恁一件事。"

"什么事？"

"能不能给我几个膏药的方子？"

"膏药方子？你以前卖的膏药都放了什么药？"

"什么也没有，就是恁这儿的膏药黐子。"

"那怎么摊出来乌黑雪亮的？"

"掺了点松香。"

"那你还卖那种膏药不行吗？"

"苏先生！要是过路卖艺，日子短，卖点假膏药，不要紧。这治不了病，可也送不了命。等买的主发现膏药不灵，我已经走了，他也找不到我。我想在贵宝地长住下去，不能老这么骗人。往后我就指着这吃饭，得卖点真东西。"

苏先生觉得这是几句有良心的话，说得也很恳切；德寿堂是个大药店，不靠卖膏药赚钱，就答应了。

苏先生还把王四海的这番话传了出去，大家都知道王四海如今卖的是真膏药。大家还议论，这个走江湖的人品不错。王四海膏药店的生意颇为不恶。

不久，五湖居害痨病的掌柜死了，王四海就和貂蝉名正言顺地在一起过了。

他不愿人议论他是贪图五湖居的产业而要了貂蝉的，五湖居的店务他一概不问。他还是开他的膏药店。

光阴荏苒，眨眼的工夫，几年过去了。貂蝉生了个白胖小子，已经满地里跑了。

王四海穿起了长衫，戴了罗宋帽，看起来和一般生意人差不多，除了他走路抓地（练武的人走路都是这个走法，脚趾头抓着地），已经不像个打把式卖艺的了。他的语声也变了。腔调还是山东腔，所用的字眼很多却是地道的本地话。头顶有点秃，而且发胖了。

他还保留一点练过武艺人的习惯，每天清早黄昏要出去蹓蹓弯，在承志桥上坐坐，看看来往行人。

这天他收到老大、老六的信，看完了，放在信插子里，依旧去蹓弯。他坐在承志桥的靠背椅上，听见远处有什么地方在吹奏“得胜令”，他忽然想起大世界、民众乐园，想起霓虹灯、马戏团的音乐。他好像有点惆怅。他很想把那对护手钩取来耍一会儿。不大一会儿，连这点意兴也消失了。

王四海站起来，沿着承志河，漫无目的地走着。夕阳把他的影子拉得很长。

黄开榜的一家

黄开榜不是本地人，他是山东人。原来是当兵的，开小差下来之后，在当地落住脚。

他没有固定的职业，年轻时吹喇叭。这是一种细长颈子的紫铜喇叭，长五六尺，只能吹一个音：嘟——。早年间迎亲、出殡都有两种东西，一是长颈喇叭，二是铁铳。花轿或棺柩前面是吹鼓手，吹鼓手的前面是喇叭，喇叭起了开路的作用。黄开榜年轻中气足，一口气可以吹得很长。这喇叭的声音很不好听，尖锐刺耳。后来就没有什么人家用了。铁铳也废了。太响了，震得人耳朵疼。

没有人找黄开榜吹喇叭了，他又干了一种新的营生，当“催租的”。有些中小地主，在乡下置了几亩地，租给人种。这些家业不大的地主，无权无势，有的佃户就欺负他们，租子拖欠不交。地主找黄开榜去催。黄开榜去了，大喊大叫，要吃要喝，赖着不走，有时甚至找个枕头睡在人家里。这家叫他啰嗦得受不了啦，就答应哪天交齐。黄开榜找村里的教书先生或庙里的和尚帮这家立个保单：“立保单人某某某所欠某府名下租子若干准于某月日如数交清恐口无凭证立此保单是实”。黄开榜拉过佃户的右手，盖了一个手印，喝了一大碗米汤，走人。地主拿到保单，总得给黄开榜一点酒钱。

黄开榜还有一件拿不到钱，但是他很乐意去干的事，是参加“评理”。两家闹了纠纷，就约了街坊四邻、熟人朋友，到茶馆去评理，请大家说说公道话，分判是非曲直。评理的结果大都是调停劝解，大事化小，彼此不再记仇。两家评理，和黄开榜本不相干，谁也没有请他，他自己搬张凳子，一屁股就坐了下来，咋长六七，瞎掺和。他嗓门很大，说起话来唾沫星子乱喷，谁都离他远远的。他一面大声说话，一面大口吃包子。这地方吃茶都要吃包子，评理的尤不能缺。他一人能把一笼包子——十六个，全吃了。灌下半壶酽茶，走人。这十六个包子可以管他一天，晚饭只要喝一碗“采子粥”——碎米加剁碎了的青菜煮的粥，本地叫作“采子粥”。

他的老婆倒是本地人。据说年轻时很风流，她为什么跟了黄开榜呢？本地有个说法：“要称心，嫁大兵”。这里所谓“称心”指的是什么，本地人都心领神会。她后来上了岁数，看不出风流不风流，但身材还是匀称的，既不肥胖臃肿，也不骨瘦如柴，精精干干、利利索索。

她生过五个孩子。

头胎是个男孩。不知道为什么，孩子生下来，就送给一个姓薛的裁缝。头胎儿子就送了人，谁也不知道什么原因。这孩子姓了薛，从小跟薛裁缝学裁缝，现在已经很大了，能挣钱了。薛黄两家离得很近，薛家在螺蛳坝，黄家在越塘，几步就到了，但是两家不来往。这个姓了薛的裁缝从来没有来看过他的生身父母。

黄开榜的二儿子不知到哪里去了。也许在外面当兵，也许在大船上撑篙拉纤。也许已经死了。他扔下一个媳妇。这二媳妇是个圆盘脸，头发浓黑，梳了一个很大的“牛屎粑粑”头。她长得很肉感。越塘一带人的语言里没有“肉感”这个词儿，便是街面上的生意人也不会说这个词儿，只有看过美国电影的洋学生才用这个词儿。但这词儿用在她身上非常合适。男人走了，她靠“挑箩把担”维持衣食。自从和毛三“靠”上了，就很少挑箩了。

毛三是个开青草行的。用一只船停在越塘岸边收购青草。姑娘小子割了青草卖给他，当时付钱。船上青草满了，就整船交给乡下人。乡下人把青草和河泥拌匀，在东门外护城河边的空地上堆成一个一个长方形的墩子，用铁锹把表面拍实，让青草发酵。到第二年栽秧，这便是极好的肥料。夏天，天才蒙蒙亮，就听见毛三用极高极脆的声音拉长音吆喝：“噢草来——”“噢”是土音，意思是约分量。收草季节过了，他就做别的生意，收荸荠，收菱。因此他很有几个钱。

毛三的眼睛有毛病，迎风掉泪，眼边常是红红的，而且不住地眨巴。但是他很风流自在，留着一个中分头。他有个外号叫“斜公鸡”。公鸡“踩水”——就是欺负母鸡，在上母鸡身之前，都是耷下一只翅膀，斜着身子跑过来，然后纵身一跳，把母鸡压在下面。毛三见到女人，神气很像斜着身子的公鸡。

毛三靠了黄开榜的二媳妇，越塘无人不晓。大白天，毛三“噢”过草，就走进二媳妇的门。二媳妇是单过的，住西屋。——黄开榜一家住朝南的正屋。大概过了一个半小时，毛三开门出来，样子像是踩过水的公鸡，浑身轻松。二媳妇跟着出来，也像非常满足。毛三上茶馆吃茶，二媳妇拿着淘箩去买米。

黄开榜的三儿子是这家的顶门柱。他小名叫三子，越塘人都叫他三子。他是靠肩膀吃饭的。每天挑箩，他总能比别人多挑两担。他为人正气，越塘人都尊重他。他不吃烟，不喝酒，不赌钱，不打架。他长得一表人才，邻居都说他不像黄家人。但是他和越塘的姑娘媳妇从不勾勾搭搭，简直是目不斜视。越塘的姑娘愿意嫁给三子的很多，三子不为所动。三子为了多挣几个钱，常到离城稍远的五里坝、马棚湾这些地方去挑谷子，有时一去两三天。

黄开榜的四儿子是个哑巴。

最后生的是个女儿，是个麻子，都叫她“麻丫头”。

哑巴和麻丫头也都能挑箩了，挑半担，不用箩筐，用两个柳条编的笆斗。

这样，黄开榜家的日子还算能过得下去。饭自然吃得简单，红糙米饭，青菜汤。哑巴有时摸点泥鳅，捞点螺蛳。越塘有时有卖枪蟹的来，麻丫头就去买一碗。很小的螃蟹，有的地方叫蟛蜞，用盐腌过，很咸。这东西只是蟹壳没有什么肉，偶有一点蟹黄，只是嘬嘬味道而已，但是很下饭。

越塘的对面是一片菜园，更东去是荒地。黄开榜的老婆每年在荒地上种一片蚕豆。蚕豆嫩的时候摘了炒炒吃，到秋后，蚕豆老了，豆荚发黑了，就连豆秸拔下，从桥上拖过河来——越塘有一道简易的桥，只是两根洋松木方子搭在两岸，把豆秸晒在了裁缝门前的路上，让来往行人去踩，把豆荚踩破，豆粒脱出。干蚕豆本来准备过冬没菜时煮了吃的，不到过冬，就都叫麻丫头炒炒吃掉了。

越塘很多人家无隔宿之粮，黄开榜家常是吃了上顿计算下顿。平常日子总有点法子，到了连阴下雨，特别是冬天下大雪，挑箩把担家的真是揭不开锅了。逢到这种时候，黄开榜两口子就吵架，黄开榜用棍子打老婆——打的是枕头。吵架是吵给街坊四邻听的，告诉大家：我们家没有一颗米了。于是紧隔壁邻居丁裁缝就自己倒了一升米，又跟邻居“告”一点，给黄家送去，这才天下太平。丁裁缝是甲长，这种事情他得管。

黄开榜忽然异想天开，搞了一个新花样：下神。黄开榜家对面，有一家杨家香店的作坊。作坊接连两年着火，黄开榜说这是“狐火”，是胡大仙用尾巴在香面上蹭着的。他找了一堆断砖，在香店作坊墙外砌了一个小龛子，里面放一个瓦香炉。胡大仙附了他的体了，就乱蹦乱跳，乱喊乱叫起来，关云长、赵子龙、孙悟空、猪八戒、宋公明、张宗昌……胡说八道一气。居然有人相信他这胡大仙，给胡大仙上供：三个鸡蛋、一块豆腐。这供品够他喝二两酒。

三子从五里坝领回了一个新媳妇。他到五里坝挑稻子，这女孩子喜欢他，就跟来了。这是一个农民家的女儿，虽然和一个见了几次面的男人私奔（她是告诉过爹妈的），却是一个很朴素的女孩子。她宽肩长腿，大手大脚，非常健康。眼睛很大，看人的时候显得很纯净坦诚，不像城市贫民的女儿有点狡猾，有点淫荡。她力气很大，挑起担子和三子走得一样快。她认为自己选择了三子选对了；三子也觉得他真捡到了一个好老婆。新媳妇对越塘一带的风气看不惯。她看不惯老公爹装神弄鬼，也看不惯二嫂子偷人养汉。枕头上对三子说："这算怎么回事？这不像一户正经人家！"她和三子合计，找一块地方，盖三间草房，和他们分开，另过。三子同意。

黄开榜生病了。

越塘一带人，尤其是黄开榜一家，是很少生病的。生病，也不请医吃药。有点头疼脑热，跑肚拉稀，就到汪家去要几块霉糕。汪家老太太过年时蒸糕，总要留下一簸箩，让它长出霉斑，施给穷人，黄开榜的老婆在家里有人生病时就去要几块霉糕，煮汤喝下去，病就好了。霉糕治病，是何道理？后来发明了盘尼西林，医学界说霉糕其实就是盘尼西林。那么汪家老太太可称是盘尼西林的首先发明者。

黄开榜吃了霉糕汤，不见好。

一天大清早，黄家传出惊人的哭声：黄开榜死了。

丁裁缝拿了绿簿到街里店铺中给黄开榜化了一口薄皮材。又自己出钱，买了白布，让黄家人都戴了孝。

黄开榜的大儿子，已经姓薛的裁缝赶来给黄开榜磕了三个头，留下十块钱给他的亲生母亲，走了，没说一句话。

三子和三媳妇用两根桑木扁担把黄开榜的薄皮材从洋松木方的简易桥上抬过越塘，要埋到种蚕豆的荒地旁边。哑巴把那支紫铜长颈喇叭找出来，在棺材前使劲地吹："嘟——"。

一九九三年五月二十八日

岁寒三友

这三个人是：王瘦吾、陶虎臣、靳彝甫。王瘦吾原先开绒线店，陶虎臣开炮仗店，靳彝甫是个画画的。他们是从小一块长大的。这是三个说上不上，说下不下的人。既不是缙绅先生，也不是引车卖浆者流。他们的日子时好时坏。好的时候桌上有两个菜，一荤一素，还能烫二两酒；坏的时候，喝粥，甚至断炊。三个人的名声倒都是好的。他们都没有做过伤天害理的事，对人从不尖酸刻薄，对地方的公益，从不袖手旁观。某处的桥坍了，要修一修；哪里发现一名"路倒"，要掩埋起来；闹时疫的时候，在码头路口设一口瓷缸，内装药茶，施给来往行人；一场大火之后，请道士打醮禳灾……遇有这一类的事，需要捐款，首事者把捐簿伸到他们的面前时，他们都会提笔写下一个谁看了也会点头的数目。因此，他们走在街上，一街的熟人都跟他们很客气地点头打招呼。

“早！”

“早！”

“吃过了？”

“偏过了，偏过了！”

王瘦吾真瘦。瘦得两个肩胛骨从长衫的外面都看得清清楚楚。他年轻时很风雅过几天。他小时开蒙的塾师是邑中名士谈甓渔，谈先生教会了他作诗。那时，绒线店由父亲经营着，生意不错，这样他就有机会追随一些阔的和不太阔的名士，春秋佳日，文酒雅集。遇有什么张母吴太夫人八十寿辰征诗，也会送去两首七律。瘦吾就是那时落下的一个别号。自从父亲一死，他挑起全家的生活，就不再作一句诗，和那些诗人们也再无来往。

他家的绒线店是一个不大的连家店。店面的招牌上虽写着“京广洋货，零趸批发”，所卖的却只是：丝线、绦子、头号针、二号针、女人钳眉毛的镊子、刨花[1]、抿子（涂刨花水用的小刷子）、品青、煮蓝、僧帽牌洋蜡烛、太阳牌肥皂、美孚灯罩……种类很多，但都值不了几个钱。每天晚上结账时都是一堆铜板和一角两角的零碎的小票，难得看见一块洋钱。

这样一个小店，维持一家生活，是困难的。王瘦吾家的人口日渐增多了。他上有老母，自己又有了三个孩子。小的还在娘怀里抱着。两个大的，一儿一女，已经都在上小学了。不用说穿衣，就是穿鞋也是个愁人的事。

儿子最恨下雨。小学的同学几乎全部在下雨天都穿了胶鞋来上学，只有他穿了还是他父亲穿过的钉鞋[2]。钉鞋很笨，很重，走起来还嘎啦嘎啦地响。他一进学校的大门，同学们就都朝他看，看他那双鞋。他闹了好多回。每回下雨，他就说："我不去上学了！"妈都给他说好话："明年，明年就买胶鞋。一定！"——"明

① 桐木刨出来的薄薄的长条，泡在水里稍带黏性。过去女人梳头掠鬓，离不开它。

② 现在的年轻人连钉鞋也不知道了！一双纳帮很结实的布鞋，也有用生牛皮做的，在桐油里浸过，鞋底钉了很多黄豆大的铁钉。在未有胶鞋之前，这便是雨鞋。

年！您都说了几年了！”最后还是嘟着嘴，挟了一把补过的旧伞，走了。王瘦吾听见街石上儿子的钉鞋愤怒的声音，半天都没有说话。

女儿要参加全县小学秋季运动会，表演团体操，要穿规定的服装：白上衣、黑短裙。这都还好办。难的是鞋——要一律穿白球鞋。女儿跟妈要。妈说："一双球鞋，要好几块钱。咱们不去参加了。就说生病了，叫你爸写个请假条。"女儿不像她哥发脾气，闹，她只是一声不响，眼泪不停地往下滴。到底还是去了。这位能干的妈跟邻居家借来一双球鞋，比着样子，用一块白帆布连夜赶做了一双。除了底子是布的，别处跟买来的完全一样。天亮的时候，做妈的轻轻地叫："妞子，起来！"女儿一睁眼，看见床前摆着一双白鞋，趴在妈胸前哭了。王瘦吾看见妻子疲乏而凄然的笑容，他的心酸。

因此，王瘦吾老想发财。

这财，是怎么个发法呢？靠这个小绒线店，是不可能有什么出息的。他得另外想办法。这城里的街，好像是傍晚时的码头，各种船只，都靠满了。各行各业，都有个固定的地盘，想往里面再插一只手，很难。他得把眼睛看到这个县城以外，这些行业以外。他做过许多不同性质的生意。他做过虾子生意，醉蟹生意，腌制过双黄鸭蛋。张家庄出一种木瓜酒，他运销过。本地出一种药材，叫作豨莶，他收过，用木船装到上海（他自己就坐在一船高高的药草上），卖给药材行。三叉河出一种水仙鱼，他曾想过做罐头……他做的生意都有点别出心裁，甚至是想入非非。他隔个把月就要出一次门，四乡八镇，到处跑。像一只饥饿的鸟，到处飞，想给儿女们找一口食。回来时总带着满身的草屑灰尘；人，越来越瘦。

后来他想起开工厂。他的这个工厂是个绳厂，做草绳和钱串子。蓑衣草两股，绞成细绳，过去是穿制钱用的，所以叫作钱串子。现在不使制钱了，店铺里却离不开它。茶食店用来包扎点心，席子店捆席子，卖鱼的穿鱼鳃。绞这种细绳，本来是湖西农民冬闲时的副业，一大捆一大捆挑进城来兜售。因为没有准人，准时，准数，有时需用，却遇不着。有了这么个厂，对于用户方便多了。王瘦吾这个厂站住了。他就不再四处奔跑。

这家工厂，连王瘦吾在内，一共四个人。一个伙计搬运，两个做活。有两架“机器”，倒是铁的，只是都要用手摇。这两架机器，摇起来嘎嘎地响，给这条街增添了一种新的声音，和捶铜器、打烧饼、算命瞎子的铜铛的声音混合在一起。不久，人们就习惯了，仿佛这声音本来就有。

初二、十六的傍晚，常常看到王瘦吾拎了半斤肉或一条鱼从街上走回家。

每到天气晴朗，上午十来点钟，在这条街上，就可以听到从阴城方向传来爆裂的巨响：

“砰——磅！”

大家就知道，这是陶虎臣在试炮仗了。孩子们就提着裤子向阴城飞跑。

阴城是一片古战场。相传韩信在这里打过仗。现在还能挖到一种有耳的尖底陶瓶，当地叫作“韩瓶”，据说是韩信的部队所用的行军水壶。说是这种陶瓶冬天插了梅花，能结出梅子来。现在这里是乱葬岗，不知道从什么时候起叫作“阴城”。到处是坟头、野树、荒草、芦荻。草里有蛤蟆、野兔子、大极了的蚂蚱、油葫芦、蟋蟀。早晨和黄昏，有许多白颈老鸦。人走过，就哑哑地叫着飞起来。不一会儿，又都纷纷地落下了。

这里没有住户人家。只有一个破财神庙。里面住着一个侉子。这侉子不知是什么来历。他杀狗，吃肉——阴城里野狗多的是，还喝酒。

这地方很少有人来。只有孩子们结伴来放风筝，掏蟋蟀。再就是陶虎臣来试炮仗。

试的是“天地响”。这地方把双响的大炮仗叫“天地响”，因为地下响一声，飞到半空中，又响一声，炸得粉碎，纸屑飘飘地落下来。陶家的“天地响”一听就听得出来，特别响。两响之间的距离也大——蹿得高。

“砰——磅！”

“砰——磅！”

他走一二十步，放一个，身后跟着一大群孩子。孩子里有胆大的。要求放一个，陶虎臣就给他一个：

“点着了快跑！——崩疼了可别哭！”

其实是崩不着的。陶虎臣每次试炮仗，特意把其中的几个的捻子加长，就是专为这些孩子预备的。捻子着了，嗤嗤地冒火，半天，才听见响呢。

陶家炮仗店的门口也是经常围着一堆孩子，看炮仗师傅做炮仗。两张白木的床子，有两块很光滑的木板。把一张粗草纸裹在一个钢钎上，两块木板一搓，吱溜——就是一个炮仗筒子。

孩子们看师傅做炮仗，陶虎臣就伏在柜台上很有兴趣地看这些孩子。有时问他们几句话：

“你爸爸在家吗？干吗呢？”

“你的痄腮好了吗？”

孩子们都知道陶老板人很和气，很喜欢孩子，见面都很愿意叫他：

“陶大爷！”

“陶伯伯！”

“哎，哎。”

陶家炮仗店的生意本来是不错的。

他家的货色齐全。除了一般的鞭炮，还出一种别家不做的鞭，叫作“遍地桃花”。不但外皮，连里面的筒子都一色是梅红纸卷的。放了之后，地下一片红，真像是一地的桃花瓣子。如果是过年，下过雪，花瓣落在雪地上，红是红，白是白，好看极了。

这种鞭，成本很贵，除非有人定做，平常是不预备的。

一般的鞭炮，陶虎臣自己是不动手的。他会做花炮。一筒大花炮，能放好几分钟。他还会做一种很特别的花，叫作“酒梅”。一棵弯曲横斜的枯树，埋在一个瓷盆里，上面串结了许多各色的小花炮，点着之后，满树喷花。火花射尽，树枝上还留下一朵一朵梅花，蓝莹莹的，静悄悄地开着，经久不“熄”。这是棉花浸了高粱酒做的。

他还有一项绝技，是做焰火。一种老式的焰火，有的地方叫作花盒子。

酒梅、焰火，他都不在店里做，在家里做。因为这有许多秘方，不能外传。

做焰火，除了配料，关键是串捻子。串得不对，会轰隆一声，烧成一团火。弄不好，还会出事。陶虎臣的一只左眼坏了，就是因为有一次放焰火，出了故障，不着了，他搭了梯子爬到架上去看，不想焰火忽然又响了，一个火球迸进了瞳孔。

陶虎臣坏了一只眼睛，还看不出太大的破相，不像一般有残疾的人往往显得很凶狠。他依然随时是和颜悦色的，带着宽厚而慈祥的笑容。这种笑容，只有与世无争，生活上容易满足的人才会有。

但是他的这种心满意足的神情逐年在消退。鞭炮生意，是随着年成走的。什么时候风调雨顺，国泰民安，什么时候炮仗店就生意兴隆。这样的年头，能够老是有吗？

“遍地桃花”近年很少人家来订货了。地方上多年未放焰火，有的孩子已经忘记放焰火是什么样子了。

陶虎臣长得很敦实，跟他的名字很相称。

靳彝甫和陶虎臣住在一条巷子里，相隔只有七八家。谁家的火灭了，孩子拿了一块劈柴，就能从另一家引了火来。他家很好认，门口钉着一块铁皮的牌子，红地黑字：“靳彝甫画寓”。

这城里画画的，有三种人。

一种是画家。这种人大都有田有地，不愁衣食，作画只是自己消遣，或作为应酬的工具。他们的画是不卖钱的。求画的人只是送几件很高雅的礼物。或一坛绍兴花雕，或火腿、鲥鱼、白沙枇杷，或一套讲究的宜兴紫砂茶具，或两大盆正在茁箭子的建兰。他们的画，多半是大写意，或半工半写。工笔画他们是不耐烦画的，也不会。

一种是画匠。他们所画的，是神像。画得最多的是“家神菩萨”。这“家神菩萨”是一个大家族：头一层是南海观音的一伙，第二层是玉皇大帝和他的朝臣，第三层是关帝老爷和周仓、关平，最下一层是财神爷。他们也在玻璃的反面用油漆画福禄寿三星（这种画美术史家称之为“玻璃油画”），作插屏。他们是在制造一种商品，不是作画。而且是流水作业，描衣纹的是一个人（照着底子描），“开脸”的是一个人，着色的是另一个人。他们的作坊，叫作“画匠店”。一个画匠店里常有七八个人同时做活，却听不到一点声音，因为画匠多半是哑巴。

靳彝甫两者都不是。也可以说是介乎两者之间的那么一种人。比较贴切些，应该称之为“画师”，不过本地无此说法，只是说“画画的”。他是靠卖画吃饭的，但不像画匠店那样在门口设摊或批发给卖门神“欢乐”[①]的纸店，他是等人登门求画的（所以挂“画寓”的招牌）。他的画按尺论价，大青大绿另加，可以点题。来求画的，多半是茶馆酒肆、茶叶店、参行、钱庄的老板或管事。也有那些闲钱不多，送不起重礼，攀不上高门第的画家，又不甘于家里只有四堵素壁的中等人家。他们往往喜欢看着他画，靳彝甫也就欣然对客挥毫。主客双方，都很满意。他的画署名（画匠的作品是从不署名的），但都不题上款，因为不好称呼，深了不是，浅了不是，题了，人家也未必高兴，所以只是简单地写四个字：“彝甫靳铭”。若是佛像，则题“靳铭沐手敬绘”。

靳家三代都是画画的。家里积存的画稿很多。因为要投合不同的兴趣，山水、人物、翎毛、花卉，什么都画。工笔、写意、浅绛、重彩不拘。

① 在梅红纸上用刻刀镂刻出透空的细致的吉祥花纹，贴在门头上，小的叫“吊钱”，大的叫“欢乐”。有的地方叫“吊挂”。

他家家传会写真，都能画行乐图（生活像）和喜神图（遗像）。中国的画像是有诀窍的。画师家都藏有一套历代相传的“百脸图”。把人的头面五官加以分析，定出一百种类型。画时端详着对象，确定属于哪一类，然后在此基础上加减，画出来总是有几分像的。靳彝甫多年不画喜神了。因为画这种像，经常是在死人刚刚断气时，被请了去，在床前对着勾描。他不愿看死人。因此，除了至亲好友，这种活计，一概不应。有来求的，就说不会。行乐图，自从有了照相馆之后，也很少有人来要画了。

靳彝甫自己喜欢画的，是青绿山水和工笔人物。青绿山水、工笔人物，一年能收几件呢？因此，除了每年端午，他画几十张各式各样的钟馗，挂在巷口如意楼酒馆标价出售，能够有较多的收入，其余的时候，全家都是半饥半饱。

虽然是半饥半饱，他可是活得有滋有味。他的画室里挂着一块小匾，上书“四时佳兴”。画室前有一个很小的天井。靠墙种了几竿玉屏箫竹。石条上摆着茶花、月季。一个很大的均窑平盘里养着一块玲珑剔透的上水石，蒙了半寸厚的绿苔，长着虎耳草和铁线草。冬天，他总要养几头单瓣的水仙。不到三寸长的碧绿的叶子，开着白玉一样的繁花。春天，放风筝。他会那样耐烦地用一个称金子用的小戥子约着蜈蚣风筝两边脚上的鸡毛（鸡毛分量稍差，蜈蚣上天就会打滚）。夏天，用莲子种出荷花。不大的荷叶，直径三寸的花，下面养了一二分长的小鱼。秋天，养蟋蟀。他家藏有一本托名贾似道撰写的《秋虫谱》。养蟋蟀的泥罐还是他祖父留下来的旧物。每天晚上，他点一个灯笼，到阴城去掏蟋蟀。财神庙的那个侉子，常常一边喝酒、吃狗肉，一边看这位大胆的画师的灯笼走走，停停，忽上，忽下。

他有一盒爱若性命的东西，是三块田黄石章。这三块田黄都不大，可是跟三块鸡油一样！一块是方的，一块略长，还有一块不成形。数这块不成形的值钱，它有文三桥[①]刻的边款（篆文不知叫一个什么无知的人磨去了）。文三桥呀，可着全中国，你能找出几块？有一次，邻居家失火，他什么也没拿，只抢了这三块图章往外走。吃不饱的时候，只要把这三块图章拿出来看看，他就觉得对这个世界没有什么可抱怨的了。

这一年，这三个人忽然都交了好运。

---

① 文徵明的长子，名彭，字寿承，三桥是他的别号。

王瘦吾的绳厂赚了钱。他可又觉得这个买卖货源、销路都有限，他早就想好了另外一宗生意。这个县北乡高田多种麦，出极好的麦秸，当地农民多以掐草帽辫为副业。每年有外地行商来，以极便宜的价钱收去。稍经加工，就成了草帽，又以高价卖给农民。王瘦吾想：为什么不能就地制成草帽呢？这钱为什么要给外地人赚去呢？主意已定，他就把两台绞绳机盘出去，买了四架扎草帽的机子，请了一个师傅，教出三个徒弟，就在原来绳厂的旧址，办起了一个草帽厂。城里的买卖人都说：王瘦吾这步棋看得准，必赚无疑！草帽厂开张的那天，来道喜和看热闹的人很多。一盘草帽辫，在师傅手里，通过机针一扎，哒哒地响，一会儿工夫，哎，草帽盔出来了！——又一会儿，草帽边——成了！一顶一顶草帽，顷刻之间，摞得很高。这不是草帽，这是大洋钱呀！这一天，靳彝甫送来一张“得利图”，画着一个白须的渔翁，背着鱼篓，提着两尾金鳞赤尾的大鲤鱼。凡看了这张画的，无不大笑：这渔翁的长相，活脱就是王瘦吾！陶虎臣特地送来一挂遍地桃花满堂红的一千头的大鞭，砰砰嗙嗙响了好半天！

陶虎臣从来没有做过这么大的焰火生意。这一年闹大水。运河平了漕。西北风一起，大浪头翻上来，把河堤上丈把长的青石都卷了起来。看来，非破堤不可。很多人家扎了筏子，预备了大澡盆，天天晚上不敢睡，只等堤决水下来时逃命。不料，河水从下游泻出，伏汛安然度过，保住了无数人畜。秋收在望，市面繁荣，城乡一片喜气。有好事者倡议：今年放放焰火！东西南北四城，都放！一台七套，四七二十八套。陶家独家承做了十四套——其余的，他匀给别的同行了。

四城的焰火错开了日子——为的是人们可以轮流赶着去看。东城定在七月十五。地点：阴城。

这天天气特别好。万里无云，一天皓月。阴城的正中，立起一个四丈多高的架子。有人早早吃了晚饭，就扛了板凳来等着了。各种卖小吃的都来了。卖牛肉高粱酒的，卖回卤豆腐干的，卖五香花生米的，芝麻灌香糖的，卖豆腐脑的，卖煮荸荠的，还有卖河鲜——卖紫皮鲜菱角和新剥鸡头米的……到处是“气死风”的四角玻璃灯，到处是白蒙蒙的热气、香喷喷的茴香八角气味。人们寻亲访友，说短道长，来来往往，亲亲热热。阴城的草都被踏倒了。人们的鞋底也叫秋草的浓汁磨得滑溜溜的。

忽然，上万双眼睛一齐朝着一个方向看。人们的眼睛一会儿睁大，一会儿眯细；人们的嘴一会儿张开，一会儿又合上；一阵阵叫喊，一阵阵欢笑，一阵阵掌声。——陶虎臣点着了焰火了！

这种花盒子是有一点简单的故事情节的。最热闹的是“炮打泗州城”。起先是梅、兰、竹、菊四种花，接着是万花齐放。万花齐放之后，有一个间歇，木架子下面黑黑的，有人以为这一套已经放完了。不料一声炮响，花盒子又落下一层，照眼的灯球之中有一座四方的城，眼睛好的还能看见城门上“泗州”两个字（不知道为什么是泗州而不是别的城）。城外向里打炮，城里向外打，灯球飞舞，砰磅有声。最有趣的是“芦蜂追癞子”，这是一个喜剧性的焰火。一阵火花之后，出现一个人—— 一个泥头的纸人，这人是个癞痢头，手里拿着一把破芭蕉扇。霎时间飞来了许多马蜂，这些马蜂——火花，纷纷扑向癞痢头，癞痢头四面躲闪，手里的芭蕉扇不停地挥舞起来。看到这里，满场大笑。这些辛苦得近于麻木的人，是难得这样开怀一笑的呀。最后一套是平平常常的，只是一阵火花之后，扑噜扑噜吊下四个大字：“天下太平”。字是灯球组成的。虽然平淡，人们还是舍不得离开。火光炎炎，逐渐消隐，这时才听到人们呼唤：

“二丫头，回家咧！”

“四儿，你在哪儿哪？”

“奶奶，等等我，我鞋掉了！”

人们摸摸板凳，才知道：呀，露水下来了。

靳彝甫捉到一只蟹壳青蟋蟀。消息很快就传开了。每天有人提了几罐蟋蟀来斗。都不是对手，而且都只是一个回合就分胜负。这只蟹壳青的打法很特别。它轻易不开牙，只是不动声色，稳稳地站着。突然扑上去，一口就咬破对方的肚子（据说蟋蟀的打法各有自己的风格，这种咬肚子的打法是最厉害的）。它嚁嚁地叫起来，上下摆动它的触须，就像戏台上的武生耍翎子。负伤的败将，怎么下“探子”[①]，也再不敢回头。于是有人怂恿他到兴化去。兴化养蟋蟀之风很盛，每年秋天有一个斗蟋蟀的集会。靳彝甫被人们说得心动了。王瘦吾、陶虎臣给他凑了一笔路费和赌本，他就带了几罐蟋蟀，搭船走了。

斗蟋蟀也像摔跤、击拳一样，先要约约运动员的体

① 探子是刺激蟋蟀的斗志用的。北方多用猪鬃；南方多用四杈草掰成细须，九蒸九晒。

重。分量相等，才能入盘开斗。如分量低于对方而自愿下场者，听便。

没想到，这只蟋蟀给他赢了四十块钱。——四十块钱相当于一个小学教员两个月的薪水！靳彝甫很高兴，在如意楼定了几个菜，约王瘦吾、陶虎臣来喝酒。

（这只身经百战的蟋蟀后来在冬至那天寿终了，靳彝甫特地打了一个小小的银棺材，送到阴城埋了。）

没喝几杯，靳彝甫的孩子拿了一张名片，说是家里来了客。靳彝甫接过名片一看：“季匋民”！

“他怎么会来找我呢？”

季匋民是一县人引为骄傲的大人物。他是个名闻全国的大画家，同时又是大收藏家，大财主，家里有好田好地，宋元名迹。他在上海一个艺术专科大学当教授，平常难得回家。

“你回去看看。”

“我少陪一会儿。”

季匋民和靳彝甫都是画画的，可是气色很不一样。此人面色红润，双眼有光，浓黑的长髯，声音很洪亮。衣着很随便，但质料很讲究。

“我冒造宝府，唐突得很。”

“哪里哪里。只是我这寒舍，实在太小了。”

“小，而雅，比大而无当好！”

寒暄之后，季匋民说明来意：听说彝甫有几块好田黄，特地来看看。靳彝甫捧了出来，他托在手里，一块一块，仔仔细细看了。“好，——好，——好。匋民平生所见田黄多矣，像这样润的，少。”他估了估价，说按时下行情，值二百洋。有文三桥边款的一块就值一百。他很直率地问靳彝甫肯不肯割爱。靳彝甫也很直率地回答：“不到山穷水尽，不能舍此性命。”

“好！这像个弄笔墨的人说的话！既然如此，匋民绝不夺人之所爱。不过，如果你有一天想出手，得先尽我。”

“那可以。”

“一言为定。”

“一言为定。”

买卖不成，季匋民倒也没有不高兴。他又提出想看看靳彝甫家藏的画稿。靳彝甫祖父的，父亲的。——靳彝甫本人的，他也想看看。他看得很入神，拍着画案说：

“令祖，令尊，都被埋没了啊！吾乡固多才俊之士，而皆困居于蓬牖之中，声名不出于里巷，悲哉！悲哉！”

他看了靳彝甫的画，说：

“彝甫兄，我有几句话……”

“您请指教。”

“你的画，家学渊源。但是，有功力，而少境界。要变！山水，暂时不要画。你见过多少真山真水？人物，不要跟在改七芗、费晓楼后面跑。倪墨耕尤为甜俗。要越过唐伯虎，直追两宋南唐。我奉赠你两个字：古，艳。比如这张杨妃出浴，披纱用洋红，就俗。用朱红，加一点紫！把颜色搞得重重的！脸上也不要这样干净，给她贴几个花子！——你是打算就这样在家乡困着呢？还是想出去闯闯呢？出去，走走，结识一些大家，见见世面！到上海，那里人才多！”

他建议靳彝甫选出百十件画，到上海去开一个展览会。他认识朵云轩，可以借他们的地方。他还可以写几封信给上海名流，请他们为靳彝甫吹嘘吹嘘。他还嘱咐靳彝甫，卖了画，有了一点钱，要做两件事：读万卷书，行万里路。最后说：

“我今天很高兴。看了令祖、令尊的画稿，偷到不少东西。——我把它化一化，就是杰作！哈哈哈哈……”

这位大画家就这样疯疯癫癫、哈哈大笑着，提了他的筇竹杖，一阵风似的走了。

靳彝甫一边卷着画，一边想：季匋民是见得多。他对自己的指点，很有道理，很令人佩服。但是，到上海、开展览会，结识名流……唉，有钱的名士的话怎么能当得真呢！他笑了。

没想到，三天之后，季匋民真的派人送来了七八封朱丝栏玉版宣的八行书。

靳彝甫的画展不算轰动，但是卖出去几十张画。那张在季匋民授意之下重画的杨妃出浴，一再有人重订。报上发了消息，一家画刊还选了他两幅画。这都是他没有想到的。王瘦吾和陶虎臣在家乡看到报，很替他高兴："彝甫出了名了！"

卖了画，靳彝甫真的按照季匋民的建议，"行万里路"去了。一去三年，很少来信。

这三年啊！

王瘦吾的草帽厂生意很好。草帽没个什么讲究，买的人只是一图个结实，二图个便宜。他家出的草帽是就地产销，省了来回运费，自然比外地来的便宜得多。牌子闯出去了，买卖就好做。全城并无第二家，那四台哒哒作响的机子，把带着钱想买草帽的客人老远地就吸过来了。

不想遇见一个王伯韬。

这王伯韬是个开陆陈行的。这地方把买卖豆麦杂粮的行叫作陆陈行。人们提起陆陈行，都暗暗摇头。做这一行的，有两大特点：其一，是资本雄厚，大都兼营别的生意，什么买卖赚钱，他们就开什么买卖，眼尖手快。其二，都是流氓——都在帮。这城里发生过几起大规模的斗殴，都是陆陈行挑起的。打架的原因，都是抢行霸市。这种人一看就看得出来。他们的衣着和一般的生意人就不一样。不论什么时候，长衫里面的小褂的袖子总翻出很长的一截。料子也是老实商人所不用的。夏天是格子纺，冬天是法兰绒。脚底下是黑丝袜，方口的黑纹皮面的硬底便鞋。王伯韬和王瘦吾是同宗，见面总是“瘦吾兄”长，“瘦吾兄”短。王瘦吾不爱搭理他，尽可能地躲着他。

谁知偏偏躲不开，而且天天要见面。王伯韬也开了一家草帽厂，就在王瘦吾的草帽厂的对门！他新开的草帽厂有八台机子，八个师傅，门面、柜台，一切都比王瘦吾的大一倍。

王伯韬真是不顾血本，把批发、零售价都压得极低。王瘦吾算算，这样的定价，简直无利可图。他不服这口气，也随着把价钱落下来。

王伯韬坐在对面柜台里，还是满脸带笑，“瘦吾兄”长，“瘦吾兄”短。

王瘦吾撑了一年，实在撑不住了。

王伯韬放出话来：“瘦吾要是愿意把四台机子让给我，他多少钱买的，我多少钱要！”

四台机子，连同库存的现货，辫子，全部倒给了王伯韬。王瘦吾气得生了一场重病。一病一年多。卖机子的钱、连同小绒线店的底本，全变成了药渣子，倒在门外的街上了。

好不容易，能起来坐一坐，出门走几步了。可是人瘦得像一张纸，一阵风吹过，就能倒下。

陶虎臣呢？

头一年，因为四乡闹土匪，连城里都出了几起抢案，县政府和当地驻军联名出了一张布告：“冬防期间，严禁燃放鞭炮。”炮仗店平时生意有限，全指着年下。这一冬防，可把陶虎臣防苦了。且熬着，等明年吧。

明年！蒋介石搞他娘的“新生活”，根本取缔了鞭炮。城里几家炮仗店统统关了张。陶虎臣别无产业，只好做一点“黄烟子”和蚊烟混日子。“黄烟子”也像是个炮仗，只是里面装的不是火药而是雄黄，外皮也是黄的。点了捻子，不响，只是从屁股上冒出一股黄烟，能冒半天。这种东西，端午节人家买来，点着了扔在床脚柜底熏五毒；孩子们把黄烟屁股抵在板壁上写“虎”字。蚊烟是在一个皮纸的空套里装上锯末，加一点芒硝和鳝鱼骨头，盘成一盘，像一条蛇。这东西点起来味道很呛，人和蚊子都受不了。这两种东西，本来是炮仗店附带做做的，靠它赚钱吃饭，养家活口，怎么行呢？——一年有几个端午节？蚊子也不是四季都有啊！

第三年，陶家炮仗店的铺闼子[①]门下了一把牛鼻子铁锁，再也打不开了。陶家的锅，也揭不开了。起先是喝粥——喝稀粥，后来连稀粥也喝不成了。陶虎臣全家，已经饿了一天半。

有那么一个缺德的人敲开了陶家的门。这人姓宋，

① 这地方店铺的门一般都是一块一块狭长的门板，上在门槛的槽里，称为“铺闼子”。

人称宋保长，他是什么事都干得出来，什么钱也敢拿的。他来做媒了。二十块钱，陶虎臣把女儿嫁给了一个驻军的连长。这连长第二天就开拔。他倒什么也不挑，只要是一个黄花闺女。陶虎臣跳着脚大叫："不要说得那么好听！这不是嫁！这是卖！你们到大街去打锣喊叫：我陶虎臣卖女儿！你们喊去！我不害臊！陶虎臣！你是个什么东西！陶虎臣！我操你八辈祖奶奶！你就这样没有能耐呀！"女儿的妈和弟弟都哭。女儿倒不哭，反过来劝爹："爹！爹！您别这样！我愿意！——真的！爹！我真的愿意！"她朝上给爹妈磕了头，又趴在弟弟的耳边说了一句话。这一句话是："饿的时候，忍着，别哭。"弟弟直点头。女儿走到爹床前，说了声："爹！我走啦！您保重！"陶虎臣脸对墙躺着，连头都没有回。他的眼泪哗哗地往下淌。

两个半月过去了。陶家一直就花这二十块钱。二十块钱剩得不多了，女儿回来了。妈脱下女儿的衣服一看，什么都明白了：这连长天天打她。女儿跟妈妈偷偷地说："妈，我过上了他的脏病。"

岁暮天寒，彤云酿雪，陶虎臣无路可走，他到阴城去上吊。

他没有死成。他刚把腰带拴在一棵树上，把头伸进去，一个人拦腰把他抱住，一刀砍断了腰带。这人是住在财神庙的那个侉子。

靳彝甫回来了。他一到家，听说陶虎臣的事，连脸都没洗，拔脚就往陶家去。陶虎臣躺在一领破芦席上，拥着一条破棉絮。靳彝甫掏出五块钱来，说："虎臣，我才回来，带的钱不多，你等我一天！"

跟脚，他又奔王瘦吾家。瘦吾也是家徒四壁了。他正在对着空屋发呆。靳彝甫也掏出五块钱，说："瘦吾，你等我一天！"

第三天，靳彝甫约王瘦吾、陶虎臣到如意楼喝酒。他从内衣口袋里掏出两封洋钱，外面裹着红纸。一看就知道，一封是一百。他在两位老友面前，各放了一封。

"先用着。"

"这钱——？"

靳彝甫笑了笑。

那两个都明白了：彝甫把三块田黄给季匋民送去了。

靳彝甫端起酒杯说："咱们今天醉一次。"

那两个同意。

"好，醉一次！"

这天是腊月三十。这样的时候，是不会有人上酒馆喝酒的。如意楼空荡荡的，就只有这三个人。

外面，正下着大雪。

一九八〇年八月二十日初稿

十一月二十日二稿

徙

北冥有鱼，其名为鲲。鲲之大，不知其几千里也；化而为鸟，其名为鹏，鹏之背，不知其几千里也。怒而飞，其翼若垂天之云。是鸟也，海运则将徙于南溟。

《庄子·逍遥游》

很多歌消失了。

许多歌的词、曲的作者没有人知道。

有些歌只有极少数的人唱，别人都不知道。比如一些学校的校歌。

县立第五小学历年毕业了不少学生。他们多数已经是过六十的人了。他们之中不少人还记得母校的校歌，有人能够一字不差地唱出来。

西挹神山爽气，
东来邻寺疏钟，
看吾校巍巍峻峻，
连云栉比列其中。
半城半郭成调元，
无女无男教育同。
桃红李白，
芬芳馥郁，
一堂济济坐春风。
愿少年，
乘风破浪，
他日毋忘化雨功！

每逢“纪念周”，每天上课前的“朝会”，放学前的“晚会”，开头照例是唱“党歌”，最后是唱校歌。一个担任司仪的高年级同学高声喊道：“唱——校——歌！”全校学生，三百来个孩子，就用玻璃一样脆亮的童音，拼足了力气，高唱起来。好像屋上的瓦片、树上的树叶都在唱。他们接连唱了六年，直到毕业离校，真是深深地印在脑子里了。说不定临死的时候还会想起这支歌。

歌词的意思是没有人解释过的。低年级的学生几乎完全不懂它说的是什么。他们只是使劲地唱，并且倾注了全部感情。到了四五年级，就逐渐明白了，因为唱的次数太多，天天就生活在这首歌里，慢慢地自己就琢磨出来了。最先懂得的是第二句。学校的东边紧挨一个寺，叫作承天寺。承天寺有一口钟。钟撞起来嗡嗡地响。"神山爽气"是这个县的"八景"之一。神山在哪里，"爽气"是什么样的"气"，小学生不知道，只是无端地觉得很美，而且有一种神秘感。下面的歌词也朦朦胧胧地理解了：是说学校有很多房屋，在城外，是个男女合校，有很多同学。总的说来是说这个学校很好。十来岁的孩子很为自己的学校骄傲，觉得它很了不起，并且相信别的学校一定没有这样一首歌。到了六年级，他们才真正理解了这首歌。毕业典礼上（这是他们第一次"毕业"），几位老师们讲过了话，司仪高声喊道："唱——校——歌！"这是他们最后一次大家聚在一起唱这支歌了。他们唱得异常庄重，异常激动。玻璃一样的童声高唱起来：

西挹神山爽气，

东来邻寺疏钟……

唱到“愿少年，乘风破浪，他日毋忘化雨功”，大家的心里都是酸酸的。眼泪在乌黑的眼睛里发光。这是这首歌的立意所在，点睛之笔，其余的，不过是敷陈其事。从语气看，像是少年对自己的勖勉，同时又像是学校老师对教了六年的学生的嘱咐，一种遗憾、悲哀而酸苦的嘱咐。他们知道，毕业出去的学生，日后多半是会把他们忘记的。

毕业生中有一些是乘风破浪，做了一番事业的；有的离校后就成为泯然众人，为衣食奔走了一生；有的，死掉了。

这不是一支了不起的歌，但很贴切。朴朴实实，平平常常，和学校很相称。一个在寺庙的废基上改建成的普通的六年制小学，又能写出多少诗情画意呢？人们有时想起，只是为了从干枯的记忆里找回一点淡淡的童年，在歌声中想起那些校园里的蔷薇花，冬青树，擦了无数次的教室的玻璃，上课下课的钟声，和球场上像烟火一样升到空中的一阵一阵的明亮的欢笑……

校歌的作者是高先生，有些人知道，有些人不知道。

先生名鹏，字北溟，三十后，以字行。家世业儒。祖父、父亲都没有考取功名，靠当塾师、教蒙学，以维生计。三代都住在东街租来的一所百年老屋之中，临街有两扇白木的板门，真是所谓寒门。先生少孤。尝受业于邑中名士谈甓渔，为谈先生之高足。

这谈甓渔是个诗人，也是个怪人。他功名不高，只中过举人，名气却很大。中举之后，累考不进，无意仕途，就在江南江北，沭阳溧阳等地就馆。他教出来的学生，有不少中了进士，谈先生于是身价百倍，高门大族，争相延致。晚年惮于舟车，就用学生谢师的银子，回乡盖了一处很大的房子，闭户著书。书是著了，门却是大开着的。他家门楼特别高大。为什么盖得这样高大？据说是盖窄了怕碰了他的那些做了大官的学生的纱帽翅儿。其实，哪会呢？清朝的官戴的都是顶子，缨帽花翎，没有帽翅。地方上人这样的口传，无非是说谈老先生的阔学生很多。这座大门里每年进出的知县、知府，确实不在少数。门楼宽大，是为了供轿夫休息用的。往年，两边放了极其宽长的条凳，柏木的凳面都被人的屁股磨得光光滑滑的了。谈家门楼巍然突出，老远的就能看见，成了指明方位的一个标志，一个地名。一说“谈家门楼”东边，“谈家门楼”斜对过，人们就立刻明白了。谈甓渔的故事很多。他念了很多书，学问很大，可是不识数，不会数钱。他家里什么都有，可是他愿意到处闲逛，到茶馆里喝茶，到酒馆里喝酒，烟馆里抽烟。每天出门，家里都要把他需用的烟钱、茶钱、酒钱分别装在布口袋里，给他挂在拐杖上，成了名副其实的“杖头钱”。他常常傍花随柳，信步所之，喝得半醉，找不到自己的家。他爱吃螃蟹，可是自己不会剥，得由家里人把蟹肉剥好，又装回蟹壳里，原样摆成一个完整的螃蟹。两个螃蟹能吃三四个小时，热了凉，凉了又热。他一边吃蟹，一边喝酒，一边看书。他没有架子，没大没小，无分贵贱，三教九流，贩夫走卒，都谈得来，是个很通达的人。然而，品望很高。就是点过翰林的李三麻子远远从轿帘里看见谈老先生曳杖而来，也要赶紧下轿，避立道侧。他教学生，教时文八股，也教古文辞赋，经史百家。他说：“我不愿谈甓渔教出来的学生，如郑板桥所说，对案至不能就一札！”他大概很会教书，经他教过的学生，不通的很少。

谈老先生知道高家很穷，他教高先生书，不受修金。每回高先生的母亲封了节敬送去，谈老先生必亲自上门退回，说：

“老嫂子，我与高鹏的父亲是贫贱之交，总角之交，你千万不要这样！我一定格外用心地教他，不负故人。高鹏的天资，虽只是中上，但很知发愤。他深知先人为他取的名、字的用意。他的诗文都很有可观，高氏有子矣。北溟之鹏终将徙于南溟。高了，不敢说。青一衿，我看，如拾芥耳。我好歹要让他中一名秀才。”

果然，高先生在十六岁的时候，高高地中了一名秀才。众人说：高家的风水转了。

不想，第二年就停了科举。

废科举，兴学校，这个小县城里增添了几个疯子。有人投河跳井，有人跑到明伦堂[1]去痛哭。就在高先生所住的东街的最东头，有一姓徐的呆子。这人不知应考了多少次，到头来还是一个白丁。平常就有点迂迂磨磨，颠颠倒倒。说起话满嘴之乎者也。他老婆骂他：“晚饭米都没得一颗，还你妈的之乎——者也！”徐呆子全然不顾，朗吟道：“之乎者也矣焉哉，七字安排好秀才！”自从停了科举，他又添了一宗新花样。每逢初一、十五，或不是正日，而受了老婆的气，邻居的奚落，他就双手捧了一个木盘，盘中置一香炉，点了几根

① 明伦堂是孔庙的正殿，供着至圣先师的牌位。

香，到大街上去背诵他的八股窗稿。穿着油腻的长衫，靸着破鞋，一边走，一边念。随着文气的起承转合，步履忽快忽慢；词句的抑扬顿挫，声音时高时低。念到曾经业师浓圈密点的得意之处，摇头晃脑，昂首向天，面带微笑，如醉如痴，仿佛大街上没有一个人，天地间只有他的字字珠玑的好文章。一直念到两颊绯红，双眼出火，口沫横飞，声嘶气竭。长歌当哭，其声冤苦。街上人给他这种举动起了一个名字，叫作“哭圣人”。

他这样哭了几年，一口气上不来，死在街上了。

高北溟坐在百年老屋之中，常常听到徐呆子从门外哭过来，哭过去。他恍恍惚惚觉得，哭的是他自己。

功名道断，高北溟怎么办呢?

头二年，他还能靠笔耕生活。谈先生还没有死。有人求谈先生的文字，碑文墓志，寿序挽联，谈先生都推给了高先生。所得润笔，尚可粥。谈先生寿终，高北溟缌麻服孝，尽礼致哀，写了一篇长长的祭文，泣读之后，忧心如焚。

他也曾像他的祖父和父亲一样，开设私塾教几个小小蒙童，教他们读三（字经）、百（家姓）、千（字文），《幼学琼林》《龙文鞭影》。然而除了少数极其守旧的人家，都已经把孩子送进学校了。他也曾挂牌行医看眼科。谈甓渔老先生的祖上本是眼科医生。他中举之后，还偶尔为人看眼疾。他劝高鹏也看看眼科医书，给他讲过平热泻肝之道。万一功名不就，也有一技之长，能够糊口。可是城里近年害眼的不多。有患赤红火眼的，多半到药店里买一副鹅翎眼药（装在一根鹅毛翎管里的红色的眼药），清水化开，用灯草点进眼内，就好了。眼科，不像“男妇内外大小方脉”那样有“走时”的时候。文章不能锅里煮，百无一用是书生，一家四口，每天至少要升半米下锅，如之何？如之何？

正在书空咄咄，百无聊赖，有一个平素很少来往的世交沈石君来看他。沈石君比高北溟大几岁，也曾跟谈甓渔读过书，开笔成篇以后，到苏州进了书院。书院改成学堂，革命、“光复”……他就成了新派，多年在外边做事。他有志办教育，在省里当督学。回乡视察了几个小学之后，拍开了高家的白木板门。他劝高北溟去读两年简易师范，取得一个资格，教书。

读师范是被人看不起的。师范不收学费，每月还可有伙食津贴，师范生被人称为“师范花子”，但这在高北溟是一条可行的路，虽然现在还来入学读书，岁数实在太大些了。好在同学中年纪差近的也还有，而且“简师”只有两年，一晃也就过去了。

简师毕业，高先生在“五小”任教。

高先生有了职业，有了虽不丰厚但却可靠的收入，可以免于冻饿，不致像徐呆子似的死在街上了。

按规定，简师毕业，只能教初、中年级，因为高先生是谈甓渔的高足，中过秀才，声名籍籍，叫他去教“大狗跳，小狗叫，大狗跳一跳，小狗叫一叫”，实在说不过去，因此，破格担任了五、六年级的国文。即使是这样，当然也还不能展其所长，尽其所学。高先生并不意满志得。然而高先生教书是认真的。讲课、改作文，郑重其事，一丝不苟。

同事起初对他很敬重，渐渐地在背后议论起来，说这个人的脾气很“方”。是这样。高先生落落寡合，不苟言笑，不爱闲谈，不喜交际。他按时到校，到教务处和大家略点一点头，拿了粉笔、点名册就上教室。下了课就走。有时当中一节没有课，就坐在教务处看书。小学教师的品类也很杂。有正派的教师；也有头上涂着司丹康、脸上搽着雪花膏的纨绔子弟；戴着瓜皮秋帽、留着小胡子，琵琶襟坎肩的纽子挂着青天白日徽章，一说话不停地挤鼓眼的幕僚式的人物。他们时常凑在一起谈牌经，评“花榜”[①]，交换庸俗无聊的社会新闻，说猥亵下流的荤笑话。高先生总是正襟危坐，不作一声。同事之间为了“联络感情”，时常轮流做东，约好了在星期天早上“吃早茶”。这地方“吃早茶”不是喝茶，主要是吃各种点心——蟹肉包子、火腿烧卖、冬笋蒸馒、脂油千层糕。还可叫一个三鲜煮干丝，小酌两杯。这种聚会，高先生概不参加。小学校的人事说简单也简单，说复杂也挺复杂。教员当中也有派别，为了一点小小私利，排挤倾轧，钩心斗角，飞短流长，造谣中伤。这些派别之间的明暗斗争，又与地方上的党政权势息息相关，且和省中当局遥相呼应。千丝万缕，变幻无常。高先生对这种派别之争，从不介入。有人曾试图对他笼络（高先生素负文名，受人景仰，拉过来是个“实力”），被高先生冷冷地拒绝了。他教学生，也是因材施教，无所阿私，只看品学，不问家庭。每一班都有一两个他特别心爱的学生。高先生看来是个冷面寡情的人，其实不

① 把城中妓女加以品评，定出状元、榜眼、探花，一甲、二甲，在小报上公布，谓之“花榜”。嫖客中的才子同时还写了一些很香艳的诗来咏这些“花”。

是这样，只是他对得意的学生的喜爱不形于色，不像有些婆婆妈妈的教员，时常摸着学生的头，拉着他的手，满脸含笑，问长问短。他只是把他的热情倾注在教学之中。他讲书，眼睛首先看着这一两个学生，看他们领会了没有。改作文，改得特别仔细。听这一两个学生回讲课文，批改他们的作文课卷，是他的一大乐事。只有在这样的时候，他觉得不负此生，做了一点有意义的事。对于平常的学生，他亦以平常的精力对待之。对于资质顽劣，不守校规的学生，他常常痛加训斥，不管他的爸爸是什么局长还是什么党部委员。有些话说得比较厉害，甚至侵及他们的家长。因这些，校中同事不喜欢他，又有点怕他。他们为他和自己的不同处而愤愤不平，说他是自命清高，沽名钓誉，不近人情，有的干脆说："这是绝户脾气！"

高先生没有儿子，只有两个女儿。

高先生性子很急，爱生气。生起气来不说话，满脸通红，脑袋不停地剧烈地摇动。他家世寒微，资格不高，故多疑。有时别人说了一两句不中听的话，或有意，或无意，高先生都会多心。比如有的教员为一点不顺心的事而牢骚，说："家有三担粮，不当孩子王！我祖上还有几亩薄田，饿不死。不为五斗米折腰，我辞职，不干了！”——“老子不是那不花钱的学校毕业的，我不受这份窝囊气！”高先生都以为这是敲打他，他气得太阳穴的青筋都绷起来了。看样子他就会拍桌大骂，和人吵一架，然而他强忍下了，他只是不停地剧烈地摇着脑袋。

高先生很孤僻，不出人情，不随份子，几乎与人不通庆吊。他家从不请客，他也从不赴宴。他教书之外，也还为人写寿序，撰挽联，委托的人家照例都得请请他。知单[①]送到，他照例都在自己的名字下书一“谢”字。久而久之，都知道他这脾气，也就不来多此一举了。

他不吃烟，不饮酒，不打牌，不看戏。除了学校和自己的家，哪里也不去。每天他清早出门，傍晚回家。拍拍白木的板门，过了一会儿，门开了。进门是一条狭长的过道，砖缝里长着扫帚苗，苦艾，和一种名叫“七里香”其实是闻不出什么气味，开着蓝色的碎花的野草，有两个黄蝴蝶寂寞地飞着。高先生就从这些野草丛

① 请客单子，上面开列了要请的客。被请的人如在自己的姓名下写“敬陪末座”或一“知”字，即表示准时赴席；写一“谢”字是表示不到。

中踏着沉重的步子走进去，走进里面一个小门，好像走进了一个深深的洞穴，高大的背影消失了。木板门又关了，把门上的一副春联关在外面。

高先生家的春联都是自撰的，逐年更换。不像一般人家是迎祥纳福的吉利话，都是述怀抱、舒愤懑的词句，全城少见。

这年是辛未年，板门上贴的春联嵌了高先生自己的名、字：

辛夸高岭桂

未徙北溟鹏

也许这是一个好兆，“未徙”者“将徙”也。第二年，即壬申年，高北溟竟真的“徙”了。

这县里有一个初级中学。除了初中，还有一所初级师范，一所女子师范，都是为了培养小学师资的。只有初中生，是准备将来出外升学的，因此这初中俨然是本县的最高学府。可是一向办得很糟。名义上的校长是李三麻子，根本不来视事。教导主任张维谷（这个名字很怪）是个出名的吃白食的人。他有几句名言：“不愿我请人，不愿人请我，只愿人请人，当中有个我”。人品如此，学问可知。数学教员外号“杨半本”，他讲代数、几何，从来没有把一本书讲完过，大概后半本他自己也不甚了了。历史教员姓居，是个律师，学问还不知高尔础。他讲唐代的艺术一节，教科书上说唐代的书法分“方笔”和“圆笔”，他竟然望文生义，说方笔的笔杆是方的，圆笔的笔杆是圆的。连初中的孩子略想一想，也觉得无此道理。一个学生当时就站起来问：“笔杆是方的，那么笔头是不是也是方的呢？”这帮学混子简直是在误人子弟。学生家长，意见很大。到了暑假，学生闹了一次风潮（这是他们第一次参加的“学潮”）。事情还是从居大律师那里引起的。平日，学生在课堂上有什么不明白的问题问他，他的回答总是“书上有”。到学期考试时，学生搞了一次变相的罢考。卷子发下来，不到五分钟，一个学生以关窗为号，大家一起把卷子交了上去，每道试题下面一律写了三个字：“书上有”！张维谷及其一伙，实在有点“维谷”，混不下去了。

教育局长不得不下决心对这个学校进行改组——否则只怕连他这个局长也坐不稳。

恰好沈石君因和厅里一个科长意见不合，愤而辞职，回家闲居，正在四处写信，托人找事，地方上人挽他出山来长初中。沈石君再三推辞，禁不住不断有人踵门劝说，也就答应了。他只提出一个条件：所有教员，由他决定。教育局长沉吟了一会儿，说："可以。"

沈石君是想有一番作为的。他自然要考虑各种关系，也明知局长的口袋里装了几个人，想往初中里塞，不得不适当照顾，但是几门主要课程的教员绝对不能迁就。

国文教员，他聘了高北溟。许多人都感到意外。

高先生自然欣然同意。他谈了一些他对教学的想法。沈石君认为很有道理。

高先生要求"随班走"。教一班学生，从初一教到初三，一直到送他们毕业，考上高中。他说别人教过的学生让他来教，如垦生荒，重头来起，事倍功半。教书教人，要了解学生，知己知彼。不管学生的程度，照本宣科，是为瞎教。学生已经懂得的，再来教他，是白费；暂时不能接受的，勉强教他，是徒劳。他要看着、守着他的学生，看到他是不是一月有一月的进步，一年有一年的进步。如同注水入瓶，随时知其深浅。他说当初谈老先生就是这样教他的。

他要求在部定课本之外，自选教材。他说教的是书，教书是高北溟。"只有我自己熟读，真懂，我所喜爱的文章，我自己为之感动过的，我才讲得好。”他强调教材要有一定的系统性，要有重点。他也讲《苛政猛于虎》《晏子使楚》《项羽本纪》《出师表》《陈情表》，韩、柳、欧、苏。集中地讲的是白居易、归有光、郑板桥。最后一学期讲的是朱自清的《背影》、都德的《磨坊文札》。他好像特别喜欢归有光的文章。一个学期内把《先妣事略》《项脊轩志》《寒花葬志》都讲了。他要把课堂讲授和课外阅读结合起来。课上讲了《卖炭翁》《新丰折臂翁》，同时把白居易的新乐府全部印发给学生。讲了一篇《潍县署中寄弟墨》，把郑板桥的几封主要的家书、道情和一些题画的诗也都印发下去。学生看了，很有兴趣。这种做法，在当时的初中国文教员中极为少见。他选的文章看来有一个标准：有感慨，有性情，平易自然。这些文章有一个贯穿性的思想倾向，这种倾向大体上可以归结为：人道主义。

他非常重视作文。他说学国文的最终的目的，是把文章写通。学生作文他先眉批一道，指出好处和不好处，发下去由学生自己改一遍，或同学间互相改；交上来，他再改一遍，加点批，再发给学生，让学生自己誊一遍，留起来；要学生随时回过头来看看自己的文章。他说，作文要如使船，撑一篙是一篙，作一篇是一篇。

不能像驴转磨，走了三年，只在磨道里转。

为了帮助学生将来升学，他还自编了三种辅助教材。一年级是《字形音义辨》，二年级是《成语运用》，三年级是《国学常识》。

在县立初中读了三年的学生，大部分文字清通，知识丰富，他们在考高中，甚至日后在考大学时，国文分数都比较高，是高先生给他们打下的底子。更重要的是他们学会了欣赏文学——高先生讲过的文章的若干片段，许多学生过了三十年还背得；他们接受了高先生通过那些选文所传播的思想——人道主义，影响到他们一生的立身为人。呜呼，先生之泽远矣！

（玻璃一样脆亮的童声高唱着。瓦片和树叶都在唱。）

高先生的家也搬了。搬到老屋对面的一条巷子里。高先生用历年的积蓄，买了一所小小的四合院。房屋虽也旧了，但间架砖木都还结实。天井里花木扶疏，苔痕上阶，草色入帘，很是幽静。

高先生这几年心境很好，人也变随和了一些。他和沈石君以及一般同事相处甚得。沈石君每年暑假要请一次客，对校中同仁表示慰劳，席间也谈谈校务。高先生是不需催请，早早就到的。他还备了几样便菜，约几个志同道合的教员，在家里赏荷小聚。（五小的那位师爷式的教员听到此事，编了一条歇后语："高北溟请客——破天荒"。）这几年，很少看到高先生气得脑袋不停地剧烈摇动。

高先生有两件心事。

一件是想把谈老师的诗文刻印出来。

谈老先生死后，后人很没出息，游手好闲，坐吃山空，几年工夫，把谈先生挣下的家业败得精光，最后竟至靠拆卖房屋的破瓦维持生活。谈老先生的宅第几乎变成一片瓦砾，旧池乔木，荡然无存。门楼倒还在，也破落不堪了。供轿夫休息的长凳早没有了，剩了一个空空的架子。里面有一算卦的摆了一个卦摊。条桌上放着签筒。桌前系着桌帷，白色的圆"光"里写了四个字："文王神课"。算卦的伏在桌上打盹。这地方还叫作"谈家门楼"。过路人走过，都有不胜今昔之感，觉得沧海桑田，人生如梦。

谈老先生的哲嗣名叫幼渔。到无米下锅时，就到谈先生的学生家去打秋风。到了高北溟家，高先生总要周济他一块、两块、三块、五块。总不让他空着手回去。每年腊月，还得为他准备几斗米，一方腌肉，两条风鱼，否则这个年幼渔师弟过不去。

高北溟和谈先生的学生周济谈幼渔，是为了不忘师恩，是怕他把谈先生的文稿卖了。他已经几次要卖这部文稿。买主是有的，就是李三麻子（此人老而不死）。高先生知道，李三麻子买到文稿，改头换面，就成了他的著作。李三麻子惯于欺世盗名，这种事干得出。李三麻子出价一百，告诉幼渔，稿到即付。

高先生狠了狠心，拿出一百块钱，跟谈幼渔把稿子买了。

想刻印，却很难。松华斋可以铅印，尚古房可以雕版。问了问价钱，都贵得吓人，为高北溟力所不及。稿子放在架上，逐年摊晒。高先生觉得对不起老师，心里很不安。

另一件心事是女儿高雪的前途和婚事。

高先生的两个女儿，长名高水，次名高雪。

高雪从小很受宠，一家子都惯她，很娇。她用的东西都和姐姐不一样。姐姐夏天穿的衣是府绸的，她穿的是湖纺。姐姐穿白麻纱袜，她却有两条长筒丝袜。姐姐穿自己做的布鞋，她却一会儿是“千底一带”，一会儿是白网球鞋，并且在初中二年级就穿了从上海买回来的皮鞋。姐姐不嫉妒，倒说：“你的脚好看，应该穿好鞋。”姐姐冬天烘黄铜的手炉，她的手炉是白铜的。姐姐扇细芭蕉扇，她扇檀香扇。东西也一样。吃鱼，脊梁、肚皮是她的（姐姐吃鱼头、鱼尾，且说她爱吃），吃鸡，一只鸡腿归她（另一只是高先生的）。她还爱吃陈皮梅、嘉应子、橄榄。她一个人吃。家务事也不管。扫地、抹桌、买菜、煮饭，都是姐姐。高起兴来，打了井水，把家里什么都洗一遍，砖地也洗一遍，大门也洗一遍，弄得家里水漫金山，人人只好缩着脚坐在凳子上。除了自己的衣服，她不洗别人的。被褥帐子，都是姐姐洗。姐姐在天井里一大盆一大盆，洗得汗马淋漓，她却躺在高先生的藤椅上看《茵梦湖》。高先生的藤椅，除了她，谁也不坐，这是一家之主的象征。只有一件事，她乐意做：浇花。这是她的特权，别人不许浇。

高先生治家很严，高师母、高水都怕他。只有对高雪，从未碰过一指头。在外面生了一点气，回来看看这个“欢喜团”，气也就消了。她要什么，高先生都依她。只有一次例外。

高雪初三毕业，要升学（高水没有读中学，小学毕业，就在本城读了女师，已经在教书）。她要考高中，将来到北平上大学。高先生不同意，只许她报师范。高雪哭，不吃饭。妈妈和姐姐坐在床前轮流劝她。

“不要这样。多不好。爸爸不是不想让你向高处飞，爸爸没有钱。三年高中，四年大学，路费、学费、膳费、宿费，得好一笔钱。”

“他有钱！”

“他哪有钱呀！”

“在柜子里锁着！”

“那是攒起来要给谈老先生刻文集的。”

“干吗要给他刻！”

“这孩子，没有谈老先生，爸爸就没有本事。上大学呢！你连小学也上不了。知恩必报，人不能无情无义。”

“再说那笔钱也不够你上大学。好妹妹，想开一点。师范毕业，教两年，不是还可以考大学吗？你自己攒一点，没准爸爸这时候收入会更多一些。我跟爸爸说说，我挣的薪水，一半交家里，一半给你存起来，三四年下来，也是个数目。”

“你不用？”

“我？——不用！”

高雪被姐姐的真诚感动了，眼泪晶晶的。

姐姐说得也有理。国民党教育部有个规定，师范毕业，教两年小学，算是补偿了师范三年的学杂费，然后可以考大学。那时大学生里岁数大，老成持重的，多半曾是师范生。

“快起来吧！不要叫爸爸心里难过。你看看他：整天不说话，脑袋又不停地摇了。”

高雪虽然娇纵任性，这点清清楚楚的事理她是明白的。她起来洗洗脸，走到书房里，叫了一声：

“爸爸！”

并盛了一碗饭，用茶水淘淘，就着榨菜，吃了。好像吃得很香。

高先生知道女儿回心转意了，他心里倒酸溃溃的，很不好受。

高雪考了苏州师范。

高雪小时候没有显出怎么好看。没有想到，女大十八变，两三年工夫，变成了一个美人。每年暑假回家，一身白。白旗袍（在学校只能穿制服：白上衣，黑短裙），漂白细草帽，白纱手套，白丁字平跟皮鞋。丰姿楚楚，行步婀娜，态度安静，顾盼有光。不论在火车站月台上，轮船甲板上，男人女人都朝她看。男人看了她，敞开法兰绒西服上衣的扣，露出新买的时式领带，频频回首，自作多情。女的看了她，从手提包里取出小圆镜照照自己。各依年貌，生出不同的轻轻感触。

她在学校里唱歌、弹琴，都很出色。唱的歌是《茶花女》的《饮酒歌》，弹的是肖邦的小夜曲。

她一回本城，城里的女孩子都觉得自己很土。她们说高雪有一种说不出来的派头。

有女儿的人说："高北溟生了这样一个女儿，这个爸爸当得过！"

任何小城都是有风波的。因为省长易人，直接影响到这个小县的人事。县长、党部、各局，统统来了一个大换班。公职人员，凡靠领薪水吃饭的，无不人心惶惶。

一县的人事更代，自然会波及县立初中。

三十几个教育界人士，联名写信告了沈石君。一式两份，分送厅、局。执笔起草的就是居大律师。他虽分不清方笔、圆笔，却颇善于刀笔。主要的罪名是："把持学政，任用私人，倡导民主，宣传赤化"。后两条是初中图书馆里买了鲁迅、高尔基的书，订了《生活周刊》，"纪念周"上讲时事。"任用私人"牵涉到高北溟。信中说："简师毕业，而教中学，纵观全国，无此特例。只为同门受业，不惜破格躐等，遂使寰城父老疾首，而令方帽学士寒心。"指摘高北溟的教学是"不依规矩，自作主张，藐视部厅，搅乱学制"。

有人把这封信的底稿抄了一份送给沈石君。沈石君看了，置之一笑。他知道这个初中校长的位置，早已有人觊觎，自厅至局，已经内定。这封控告信，不过是制造一个查办的口实。此种官场小伎俩，是三岁小儿都知道的。和这些人纠缠，味同嚼蜡。何况他已在安徽找到事，毫无恋栈之心。为了给当局一个下马台阶，彼此不伤和气，他自己主动递了一封辞职书。不两天，批复照准。继任校长，叫尹同霖，原是办党务的。——新换上的各局首脑也都是清一色，是县党部的委员。这一调整充分体现了“以党治国”精神。没有等办理交代，尹同霖先来拜会了沈石君，这是给他一个很大的面子，免得彼此心存芥蒂。尹同霖问沈石君有什么嘱咐，沈石君只希望他能留高北溟。尹同霖满口答应。

沈石君束装就道之前，来看了高北溟，说他已和同霖提了，这点面子料想他会给的，他叫高北溟不要另外找事，安心在家等聘书。

不料，快开学了，聘书还不下来。同时，却收到第五小学的聘书。聘书后盖着五小新校长的签名章：张维谷。这是怎么回事呢？他并未向张维谷谋过职呀。

高先生只得再回五小去教书。

高先生到教务处看看，教员大半还是熟人。他和大家点点头，拿了粉笔、点名册往教室里走。纨绔子弟和幕僚在他身后努努嘴，演了一出双簧。一个说："好马不吃回头草"，一个说："前度刘郎今又来"。高北溟只当没有听见。

五年级有一个学生叫申潜，是现任教育局长的儿子，异常顽劣，上课时常捣乱。有一次他趁高先生回身写黑板时，用弹弓纸弹打人，一弹打在高先生的后脑勺上。高先生勃然大怒，把他训斥了一顿。不想申潜毫不认错，反而睖着眼睛看着高先生，眼睛里充满了鄙视。他没有说一句话，但是高先生从他的眼睛里清清楚楚听得到："你有什么了不起！我爸爸动一动手指头，你们的饭碗就完蛋！"高先生狂吼起来："你仗你老子的势！你们！你们这些党棍子，你们欺人太甚！"他的脑袋剧烈地摇动起来。一堂学生被高先生的神气吓呆了，鸦雀无声。

谈甓渔的文稿没有刻印出来。永远也没有刻印出来的希望了。

高雪病了。

按规定，师范毕业，还要实习一年，才能正式任教。高雪在实习一年的下学期，发现自己下午潮热（同学们都看出她到下午两颊微红，特别好看），夜间盗汗，浑身没有力气。撑到学期终了，回了家，高师母知道女儿病状，说是：“可了不得！”这地方讳言这种病的病名，但是大家心里都明白。高先生请了汪厚基来给高雪看病。

汪厚基是高先生最喜欢的学生，说他“绝顶聪明”。他从一年级到六年级，各门功课都是全班第一。全县的作文比赛，书法比赛，他都是第一名。他临毕业的那年，高先生为人撰了一篇寿序。经寿翁的亲友过目之后，大家商量请谁来写。高先生一时高兴，推荐了他这个得意的学生。大家觉得叫一个孩子来写，倒很别致，而且可以沾一沾返老还童的喜气，就说不妨一试。汪厚基用多宝塔体写了十六幅寿屏，字径二寸，笔力饱满。张挂起来，满座宾客，无不诧为神童。高先生满以为这个学生一定会升学，将来一定会出人头地。他家里开爿米店，家道小康，升学没有多大困难。不想他家里决定叫他学医——学中医。高先生听说，废书而叹，连声说：“可惜，可惜！”

汪厚基跟一个姓刘的老先生学了几年，在东街赁了一间房，挂牌行医了。他看起来完全不像个中医。中医宜老不宜少，而且最好是行动蹒跚，相貌奇古，这样病家才相信。东街有一个老中医就是这样。此人外号李花脸，满脸的红记，一年多半穿着紫红色的哆啰呢[1]夹袍，黑羽纱马褂，说话是个囔鼻儿，浑身发出樟木气味，好像才从樟木箱子里拿出来。汪厚基全不是这样，既不弯腰，也不驼背，英俊倜傥，衣着入时，像一个大学毕业生。他开了方子，总把笔套上。——中医开方之后，照例不套笔，这是一种迷信，套了笔以后就不再有人找他看病了。汪厚基不管这一套，他会写字，爱笔。他这个中医还订了好几份杂志，并且还看屠格涅夫的小说。这些都是对行医不利的。但是也许沾了“神童”的名誉的光，请他看病的不少，收入颇为可观。他家里觉得叫他学医这一步走对了。

他该成家了。来保媒的一年都有几起。汪厚基看不上。他私心爱慕着高雪。

他和高雪小学同班。两家住得不远。上学，放学，天天一起走，小时候感情很好。街上的野孩子有时欺负高雪，向她扔土坷垃，汪厚基就给她当保镖。他还时常做高雪掉在河里，他跳下去把她救起来这样的英雄的梦。高雪读了初中，师范，他看她一天比一天长得漂亮起来。隔几天看见她，都使他觉得惊奇。高雪上师范三

① 编者注：西方服装面料。

年级时，他曾托人到高家去说媒。

高师母是很喜欢汪厚基的。高水说："不行！妹妹是个心高的人，她要飞到很远的地方去。她要上大学。她不会嫁一个中医。妈，您别跟妹妹说！"高北溟想了一天，对媒人说："高雪还小。她还有一年实习，再说吧。"媒人自然知道，这是一种委婉的推托。

汪厚基每天来给高雪看病。汪厚基觉得这是一种福。高雪也很感激他。看了病，汪厚基常坐在床前，陪高雪闲谈。他们谈了好多小时候的事，彼此都记得那么清楚。高雪一天一天地好起来了。

高雪病愈之后，就在本县一小教书——她没有能在外地找到事。她一面补习功课，准备考大学。

接连考了两年，没有考取。

第三年，七七事变、抗日战争爆发，她所向往的大学，都迁到了四川、云南。日本人占领了江南，本县外出的交通断了。她想冒险通过敌占区，往云南、四川去。全家人都激烈反对。她只好在这个小城里困着。

高雪的岁数一年比一年大，该嫁人了。多少双眼睛都看着她。她老不结婚，大家就都觉得奇怪。城里渐渐有了一些流言。轻嘴薄舌的人很多。对一个漂亮的少女，有人特别爱用自己肮脏的舌头来糟蹋她，话说得很难听，说她外面有人，还说……唉，别提这些了吧。

高雪在学校是经常收到情书。有的摘录了李后主、秦少游的词，满纸伤感惆怅。有的抄了一些外国诗。有一位抄了一大段拜伦的情诗的原文，害得她还得查字典。这些信大都也有一点感情，但又都不像很认真。高雪有时也回信，写的也是一些虚无缥缈的话。她并没有一个真正的情人。

本县的小学里不断有人向她献殷勤，她一个也看不上，觉得他们讨厌。

汪厚基又托媒人来说了几次媒，都被用不同的委婉言词拒绝了。——每次家里问高雪，她都是摇摇头。

一次又一次，高家全家的心都活了，连高水也改变了态度。她和高雪谈了半夜。

“行了吧。汪厚基对你是真心。他说他非你不娶，是实话。他脾气好，一定会对你很体贴。人也不俗。你们不是也还谈得来吗？你还挑什么呢？你想要一个什么人？你想要的，这个县城里没有！妹妹，你不小了。听姐姐话，再拖下去，你真要留在家里当老姑娘？这是命，你心高命薄。退一步看，想宽一点。花开堪折直须折，莫待无花空折枝呀……”

高雪一直没有说话。

高雪同意和汪厚基结婚了。婚后的生活是平静的。汪厚基待高雪，真是含在口里怕她化了，体贴到不能再体贴。每天下床，都是厚基给她穿袜子，穿鞋。她梳头，厚基在后面捧着镜子。天凉了，天热了，厚基早给她把该换的衣服找出来放着。嫂子们常常偷偷在窗外看这小两口的无穷无尽的蜜月新婚，抿着嘴笑。

然而高雪并不快乐，她的笑总有点凄凉。半年之后，她病了。

汪厚基自己给她看病，亲自到药店去抓药，亲自煎药，还亲自尝一尝。他把全部学识都拿了出来了。然而高雪的病没有起色。他把全城同行名医，包括几个西医，都请来给高雪看病。可是大家都说不出一个所以然，连一个准病名都说不出，一人一个说法。一个西医说了一个很长的拉丁病名，汪厚基请教是什么意思，这位西医说："忧郁症。"

病了半年，百药罔效，高雪瘦得剩了一把骨头。厚基抱她起来，轻得像一个孩子。高雪觉得自己不行了，叫厚基给她穿衣裳。衣裳穿好了，袜子也穿好了，高雪微微皱了皱眉，说左边的袜跟没有拉平。厚基给她把袜跟拉平了，她用非常温柔的眼光看着厚基，说："厚基，你真好！"随即闭了眼睛。

汪厚基到高先生家去报信。他详详细细叙说了高雪临死的情形，说她到最后还很清醒，“我给她穿袜子，她还说左边的袜跟没有拉平。”高师母忍不住，到房里坐在床上痛哭。高水的眼泪不断流出来，喊了一声：“妹妹，你想飞，你没有飞出去呀！”高先生捶着书桌说：“怪我！怪我！怪我！”他的脑袋不停地摇动起来。——高先生近年不只在生气的时候，只要感情一激动，就摇脑袋。

汪厚基把牌子摘了下来，他不再行医了。“我连高雪的病都看不好，我还给别人看什么？”这位医生对医药彻底发生怀疑：“医道，没有用！——骗人！”他变得有点傻了，遇见熟人就说：“她到最后还很清醒，我给她穿袜子，她还说左边袜跟没有拉平……”他不知道，他已经跟这人说过几次了。他的眼光呆滞，反应也很迟钝了。他的那点聪明灵气已经全部消失。他整天无所事事，一起来就到处乱走。家里人等他吃饭，每回看不见他，一找，他都在高雪的坟旁坐着。

高先生已经死了几年了。

五小的学生还在唱：

西挹神山爽气，

东来邻寺疏钟……

墓草萋萋，落照昏黄，歌声犹在，斯人邈矣。

高先生在东街住过的老屋倒塌了，临街的墙壁和白木板门倒还没有倒。板门上高先生写的春联也还在。大红朱笺被风雨漂得几乎是白色的了，墨写的字迹却还很浓，很黑。

辛夸高岭桂

未徙北溟鹏

一九八一年八月四日于青岛黄岛

八千岁

据说他是靠八千钱起家的，所以大家背后叫他八千岁。八千钱是八千个制钱，即八百枚当十的铜圆。当地以一百铜圆为一吊，八千钱也就是八吊钱。按当时银钱市价，三吊钱兑换一块银圆，八吊钱还不到两块七角钱。两块七角钱怎么就能起了家呢？为什么整整是八千钱，不是七千九，不是八千一？这些，谁也不去追究，然而死死地认定了他就是八千钱起家的，他就是八千岁！

他如果不是一年到头穿了那样一身衣裳，也许大家就不会叫他八千岁了。他这身衣裳，全城无二。无冬历夏，总是一身老蓝布。这种老蓝布是本地土织，本地的染坊用蓝靛染的。染得了，还要由一个师傅双脚分叉，站在一个U字形的石碾上，来回晃动，加以碾研，然后摊在河边空场上晒干。自从有了阴丹士林，这种老蓝布已经不再生产，乡下还有时能够见到，城里几乎没有人穿了。蓝布长衫，蓝布夹袍，蓝布棉袍，他似乎做得了这几套衣服，就没有再添置过。年复一年，老是这几套。有些地方已经洗得露了白色的经纬，而且打了许多补丁。衣服的款式也很特别，长度一律离脚面一尺。这种才能盖住膝盖的长衫，从前倒是有过，叫作“二马裾”。这些年长衫兴长，穿着拖齐脚面的铁灰洋绉时式长衫的年轻的“油儿”，看了八千岁的这身二马裾，觉得太奇怪了。八千岁有八千岁的道理，衣取蔽体，下面的一截没有用处，要那么长干什么？八千岁生得大头大脸，大鼻子大嘴，大手大脚，终年穿着二马裾，任人观看，心安理得。

他的儿子跟他长得一模一样，只是比他小一号，也穿着一身老蓝布的二马裾，只是老蓝布的颜色深一些，补丁少一些。父子二人在店堂里一站，活脱是大小两个八千岁。这就更引人注意了。八千岁这个名字也就更被人叫得死死的。

大家都知道八千岁现在很有钱。

八千岁的米店看起来不大，门面也很暗淡。店堂里一边是几个米囤子，囤里依次分别堆积着“头糙”“二糙”“三糙”“高尖”。头糙是只碾一道，才脱糠皮的糙米，颜色紫红。二糙较白。三糙更白。高尖则是雪白发亮几乎是透明的上好精米。四个米囤，由红到白，各有不同的买主。头糙卖给挑箩把担卖力气的，二糙三糙卖给住家铺户，高尖只少数高门大户才用。一般人家不是吃不起，只是觉得吃这样的米有点“作孽”。另外还有两个小米囤，一囤糯米；一囤晚稻香粳——这种米是专门煮粥用的。煮出粥来，米长半寸，颜色浅碧如碧螺春茶，香味浓厚，是东乡三垛特产，产量低，价极昂。这两种米平常是没有人买的，只是既是米店，不能不备。另外一边是柜台，里面有一张账桌，几把椅子。柜台一头，有一块竖匾，白地子，上漆四个黑字，道是：“食为民天”。竖匾两侧，贴着两个字条，是八千岁的手笔。年深日久，字条的毛边纸已经发黑，墨色分外浓黑。一边写的是“僧道无缘”，一边是“概不作保”。这地方每年总有一些和尚来化缘（道士似无化缘一说），背负一面长一尺、宽五寸的木牌，上画护法韦驮，敲着木鱼，走到较大铺户之前，总可得到一点布施。这些和尚走到八千岁门前，一看“僧道无缘”四个字，也就很知趣地走开了。不但僧道无缘，连叫花子也“概不打发”。叫花子知道不管怎样软磨硬泡，也不能从八千岁身上拔下一根毛来，也就都“别处发财”，省得白费工夫。中国不知从什么时候兴了铺保制度。领营业执照、向银行贷款，取一张“仰沿路军警一体放行，妥加保护”的出门护照，甚至有些私立学校填写入学志愿书，都要有两家“殷实铺保”。吃了官司，结案时要“取保释放”。因此一般“殷实”一些的店铺就有为人作保的义务。铺保不过是个名义，但也有时惹下一些麻烦。有的被保的人出了问题，官方警方不急于追究本人，却跟作保的店铺纠缠不休，目的无非是敲一笔竹杠。八千岁可不愿惹这种麻烦。“僧道无缘”“概不作保”的店铺不止八千岁一家，然而八千岁如此，就不免引起路人侧目，同行议论。

八千岁米店的门面虽然极不起眼，“后身”可是很大。这后身本是夏家祠堂。夏家原是望族。他们聚族而居的大宅子的后面有很多大树，有合抱的大桂花，还有一湾流水，景色幽静，现在还被人称为夏家花园，但房屋已经残破不堪了。夏家败落之后，就把祠堂租给了八千岁。朝南的正屋里一长溜祭桌上还有许多夏家的显考显妣的牌位。正屋前有两棵柏树。起初逢清明，夏家的子孙还来祭祖，这几年来都不来了，那些刻字涂金的牌位东倒西歪，上面落了好多鸽子粪。这个大祠堂的好处是房屋都很高大，还有两个极大的天井，都是青砖铺的。那些高大房屋，正好当作积放稻子的仓廒，天井正好翻晒稻子。祠堂的侧门临河，出门就是码头。这条河四通八达，运粮极为方便。稻船一到，侧门打开，稻子可以由船上直接挑进仓里，这可以省去许多长途挑运的脚钱。

本地的米店实际是个粮行。单靠门市卖米，油水不大。一多半是靠做稻子生意，秋冬买进，春夏卖出，贱入贵出，从中取利。稻子的来源有二。有的是城中地主寄存的。这些人家收了租稻，并不过目，直接送到一家熟识的米店，由他们代为经营保管。要吃米时派个人去叫几担，要用钱时随时到柜上支取，年终结账，净余若干，报一总数。剩下的钱，大都仍存柜上。这些人家的大少爷，是连粮价也不知道的，一切全由米店店东经手。粮钱数目，只是一本良心账。另一来源，是店东自己收购的。八千岁每年过手到底有多少稻子，他是从来不说的，但是这瞒不住人。瞒不住同行，瞒不住邻居，尤其瞒不住挑夫的眼睛。这些挑夫给各家米店挑稻子，一眼估得出哪家的底子有多厚。他们说：八千岁是一只螃蟹，有肉都在壳儿里。他家仓廒里的堆稻的“窝积”挤得轧满，每一积都堆到屋顶。

另一件瞒不住人的事，是他有一副大碾子，五匹大骡子。这五匹骡子，单是那两匹大黑骡子，就是头三年花了八百现大洋从宋侉子手里一次买下来的。

宋侉子是个怪人。他并不侉。他是本城土生土长，说的也是地地道道的本地话。本地人把行为乖谬，悖乎常理，而又身材高大的人，都叫作侉子（若是身材瘦小，就叫作蛮子）。宋侉子不到二十岁就被人称为侉子。他也是个世家子弟，从小爱胡闹，吃喝嫖赌，无所不为；花鸟虫鱼，无所不好，还特别爱养骡子养马。父母在日，没有几年，他就把一点祖产挥霍得去了一半。父母一死，就更没人管他了，他干脆把剩下的一半田产卖了，做起了骡马生意。每年出门一两次，到北边去买骡马。近则徐州、山东，远到关东、口外。一半是寻钱，一半是看看北边的风景，吃吃黄羊肉、狍子肉、鹿肉、狗肉。他真也养成了一派侉子脾气。爱吃面食。最爱吃山东的锅盔，牛杂碎，喝高粱酒。酒量很大，一顿能喝一斤。他买骡子买马，不多买，一次只买几匹，但要是好的。花很大的价钱买来，又以很大的价钱卖出。

他相骡子相马有一绝，看中了一匹，敲敲牙齿，捏捏后胯，然后拉着缰绳领起走三圈，突然用力把嚼子往下一拽。他力气很大，一般的骡马禁不起他这一拽，当时就会打一个趔趄。像这样的，他不要。若是纹丝不动，稳若泰山，当面成交，立刻付钱，二话不说，拉了就走。由于他这种独特的选牲口的办法和豪爽性格，使他在几个骡马市上很有点名气。他选中的牲口也的确有劲，耐使，里下河一带的碾坊磨坊很愿意买他的牲口。虽然价钱贵些，细算下来，还是划得来。

那一年，他在徐州用这办法买了两匹大黑骡子，心里很高兴，下到店里，自个儿蹲在炕上喝酒。门帘一掀，进来个人：

“你是宋老大？”

“不敢，贱姓宋。请教？”

“甭打听。你喝酒？”

“哎哎。”

“你心里高兴？”

“哎哎。”

“你买了两匹好骡子？”

“哎哎。就在后面槽上拴着。你老看来是个行家，你给看看。”

“甭看，好牲口！这两匹骡子我认得！——可是你带得回去吗？”

宋侉子一听话里有话，忙问：

“莫非这两匹骡子有什么弊病？”

“你给我倒一碗酒。出去看看外头有没有人。”

原来这是一个骗局。这两匹黑骡子已经转了好几个骡马市，谁看了谁爱，可是没有一个人能把它们带走。这两匹骡子是它们的主人驯熟了的，走出二百里地，它们会突然挣脱缰绳，撒开蹄子就往家奔，没有人追得上，没有人截得住。谁买的，这笔钱算白扔。上当的已经不止一个人。进来的这位，就是其中的一个。

“不能叫这个家伙再坑人！我教你个法子：你连夜打四副铁镣，把它们镣起来。过了清江浦，就没事了，再给它砸开。”

“多谢你老！”

“甭谢！我这是给受害的众人报仇！”

宋侉子把两匹骡子牵回来，来看的人不断。碾坊、磨坊、油坊、糟坊，都想买。一问价钱，就不禁吐了舌头："乖乖！"八千岁带着儿子小千岁到宋家看了看，心里打了一阵算盘。他知道宋侉子的脾气，一口价，当时就叫小千岁回去取了八百现大洋，一手交钱，一手交货，父子二人，一人牵了一匹，沿着大街，呱嗒呱嗒，走回米店。

这件事轰动全城。一连几个月，宋侉子贩骡子历险记和八千岁买骡子的壮举，成了大家茶余酒后的话题。谈论间自然要提及宋侉子荒唐怪诞的侉脾气和八千岁的二马裾。

每天黄昏，八千岁米店的碾米师傅要把骡子牵到河边草地上遛遛。骡子牵出来，就有一些人围在旁边看。这两匹黑骡子，真够"身高八尺，头尾丈二有余"。有一老者，捋须赞道："我活这么大，没见过这样高大的牲口！"体子稍矮一点的，得伸手才能够着它的脊梁。浑身黑得像一匹黑缎子。一走动，身上亮光一闪一闪。去看八千岁的骡子，竟成了附近一些居民在晚饭之前的一件赏心乐事。

因为两匹骡子都是黑的，碾米师傅就给它们取了名字，一匹叫大黑子，一匹叫二黑子。这两个名字街坊的小孩子都知道，叫得出。

宋侉子每年挣的钱不少。有了钱，就都花在虞小兰的家里。

虞小兰的母亲虞芝兰是一个姓关的旗人的姨太太。这旗人做过一任盐务道，辛亥革命后在本县买田享福。这位关老爷本城不少人还记得。他的特点是说了一口京片子，走起路来一摇一摆，有点像戏台上的方巾丑，是真正的“方步”。他们家规矩特别大，礼节特别多，男人见人打千儿，女人见人行蹲安，本地人觉得很可笑。虞芝兰是他用四百两银子从北京西河沿南堂子买来的。关老爷死后，大妇不容，虞芝兰就带了随身细软，两箱子字画，领着女儿搬出来住，租的是挨着宜园的一所小四合院。宜园原是个私人花园，后来改成公园。园子不大，但北面是一片池塘，种着不少荷花，池心有一小岛，上面有几间水榭，本地人不大懂得什么叫水榭，叫它“荷花亭子”——其实这几间房子不是亭子；南面有一带假山，沿山种了很多梅花，叫作“梅岭”，冬末春初，梅花盛开，是很好看的；园中竹木繁茂，园外也颇有野趣，地方虽在城中，却是尘飞不到。虞芝兰就是看中它的幽静，才搬来的。

带出来的首饰字画变卖得差不多了，关家一家人已经搬到上海租界去住，没有人再来管她，虞芝兰不免重操旧业。

过了几年，虞芝兰揽镜自照，觉得年华已老，不好意思再扫榻留宾，就洗妆谢客，由女儿小兰接替了她。怕关家人来寻事，女儿随了妈的姓。

宋侉子每年要在虞小兰家住一两个月，朝朝寒食，夜夜元宵。他老婆死了，也不续弦，这里就是他的家。他有个孩子，有时也带了孩子来玩。他和关家算起来有点远亲，小兰叫他宋大哥。到钱花得差不多了，就说一声："我明天有事，不来了"，跨上他的踢雪乌骓骏马，一扬鞭子，没影儿了。在一起时，恩恩义义；分开时，潇潇洒洒。

虞小兰有时出来走走，逛逛宜园。夏天的傍晚，穿了一身剪裁合体的白绸衫裤，拿一柄生丝白团扇，站在柳树下面，或倚定红桥栏杆，看人捕鱼踩藕。她长得像一颗水蜜桃，皮肤非常白嫩，腰身、手、脚都好看。路上行人看见，就不禁放慢了脚步，或者停下来装做看天上的晚霞，好好地看她几眼。他们在心里想：这样的人，这样的命，深深为她惋惜；有人不免想到家中洗衣做饭的黄脸老婆，为自己感到一点不平；或在心里轻轻吟道："牡丹绝色三春暖，不是梅花处士妻"，情绪相当复杂。

虞小兰，八千岁也曾看过，也曾经放慢了脚步。他想：长得是真好看，难怪宋侉子在她身上花了那么多钱。不过为一个姑娘花那么多钱，这值得吗？他赶快迈动他的大脚，一气跑回米店。

八千岁每天的生活非常单调。量米。买米的都是熟人，买什么米，一次买多少，他都清楚。一见有人进店，就站起身，拿起量米升子。这地方米店量米兴报数，一边量，一边唱："一来，二来，三来——三升！"量完了，拍拍手——手上沾了米灰，接过钱，摊平了，看看数，回身走进柜台，一扬手，把铜钱丢在钱柜里，在"流水"簿里写上一笔，入头糙三升，钱若干文。看稻样。替人卖稻的客人到店，先要送上货样。店东或洽谈生意的"先生"，抓起一把，放在手心里看看，然后两手合拢搓碾，开米店的手上都有功夫，嚓嚓嚓三下，稻壳就全搓开了；然后吹去糠皮，看看米色，撮起几粒米，放在嘴里嚼嚼，品品米的成色味道。做米店的都很有经验，这是什么品种，三十子，六十子，矮脚籼，吓一跳，一看就看出来。在米店里学生意，学的也就是这些。然后谈价钱，这是好说的，早晚市价，相差无几。卖米的客人知道八千岁在这上头很精，并不跟他多磨嘴。

"前头"没有什么事的时候，他就到后面看看。进了隔开前后的屏门，一边是拴骡子的牲口槽，一边是一副巨大的石碾子。碾坊没有窗户，光线很暗，他喜欢这种暗暗的光。一近牲口槽，就闻到一股骡子粪的味道，他喜欢这种味道。他喜欢看碾米师傅把大黑子或二黑子牵出来。骡子上碾之前照例要撒一泡很长的尿，他喜欢看它撒尿。骡子上了套，石碾子就呼呼地转起来，他喜欢看碾子转，喜欢这种不紧不慢的呼呼的声音。

这二年，大部分米店都已经不用碾子，改用机器轧米了，八千岁却还用这种古典的方法生产。他舍不得这副碾子，舍不得这五匹大骡子。本县也还有些人家不爱吃机器轧的米，说是不香，有人家专门上八千岁家来买米的，他的生意不坏。

然后，去看看师傅筛米。那是一面很大的筛子，筛子有梁，用一根粗麻绳吊在房檩上，筛子齐肩高，筛米师傅就扶着筛子边框，一簸一侧地慢慢地筛。筛米的屋里浮动着细细的细米糠，太阳照进来，空中像挂着一匹一匹白布。八千岁成天和米和糠打交道，还是很喜欢细糠的香味。

然后，去看看仓里的稻积子，看看两个大天井里晒的稻，或拿起“搡子”把稻子翻一遍——他身体结实，翻一遍不觉得累，连师傅们都佩服；或轰一会儿麻雀。

米店稻仓里照例有许多麻雀，叽叽喳喳叫成一片。宋侉子有时在天快黑的时候，拿一把竹枝扫帚拦空一扑，一扫帚能扑下十几只来。宋侉子说这是下酒的好东西，卤熟了还给八千岁拿来过。八千岁可不吃这种东西，这有个什么吃头！

八千岁的食谱非常简单。他家开米店，放着高尖米不吃，顿顿都是头糙红米饭。菜是一成不变的熬青菜——有时放两块豆腐。初二、十六打牙祭，有一碗肉或一盘咸菜煮小鲫鱼。他、小千岁和碾米师傅都一样。有肉时一人可得切得方方的两块。有鱼时一人一条，——咸菜可不少，也够下饭了。有卖稻的客人时，单加一个荤菜，也还有一壶酒。客人照例要举杯让一让，八千岁总是举起碗来说："我饭陪，饭陪！"客菜他不动一筷子，仍是低头吃自己的青菜豆腐。

八千岁的米店的左邻右舍都是制造食品的。左边是一家厨房。这地方有这么一种厨房，专门包办酒席，不设客座。客家先期预订，说明规格，或鸭翅席，或海参席，要几桌。只需点明"头菜"，其余冷盘热菜都有定规，不需吩咐。除了热炒，都是先在家做成半成品，用圆盒挑到，开席前再加汤回锅煮沸。八千岁隔壁这家厨房姓赵，人称赵厨房，连开厨房的也被人叫作赵厨房——不叫赵厨子却叫赵厨房，有点不合文法。赵厨房的手艺很好，能做满汉全席。这满汉全席前清时也只有接官送官时才用，入了民国，再也没有人来订，赵厨房祖传的一套五福拱寿釉红彩的满堂红的细瓷器皿，已经锁在箱子里好多年了。右边是一家烧饼店。这家专做“草炉烧饼”。这种烧饼是一箩到底的粗面做的，做蒂子只涂很少一点油，没有什么层，因为是贴在吊炉里用一把稻草烘熟的，故名草炉烧饼，以别于在桶状的炭炉中烤出的加料插酥的“桶炉烧饼”。这种烧饼便宜，也实在，乡下人进城，爱买了当饭。几个草炉烧饼，一碗宽汤饺面，有吃有喝，就饱了。八千岁坐在店堂里每天听得见左边煎炒烹炸的声音，闻得到鸡鸭鱼肉的香味，也闻得见右边传来的一阵一阵烧饼出炉时的香味，听得见打烧饼的槌子击案的有节奏的声音：定定郭，定定郭，定郭定郭定定郭，定，定，定……

八千岁和赵厨房从来不打交道，和烧饼店每天打交道。这地方有个“吃晚茶”的习惯，每天下午五点来钟要吃一次点心。钱庄、布店，概莫能外。米店因为有出力气的碾米师傅，这一顿“晚茶”万不能省。“晚茶”大都是一碗干拌面——葱花、猪油、酱油、虾子、虾米为料，面下在里面；或几个麻团、“油墩子”——白铁敲成浅模，浇入稀面，以萝卜丝为馅，入油炸熟。八千岁家的晚茶，一年三百六十日，都是草炉烧饼，一人两个。这里的店铺，有“客人”，照例早上要请上茶馆。“上茶馆”是喝茶，吃包子、蒸饺、烧卖。照例由店里的“先生”或东家作陪。一般都是叫一笼“杂花色”（即各样包点都有），陪客的照例只吃三只，喝茶，其余的都是客人吃。这有个名堂，叫作“一壶三点”。八千岁也循例待客，但是他自己并不吃包点，还是从隔壁烧饼店买两个烧饼带去。所以他不是“一壶三点”，而是“一壶两饼”。他这辈子吃了多少草炉烧饼，真是难以计数了。好像这家烧饼店是专为他而开的。

他不看戏，不打牌，不吃烟，不喝酒。喝茶，但是从来不买“雨前”“雀舌”，泡了慢慢地品啜。他的账桌上有一个“茶壶桶”，里面焐着一壶茶叶棒子泡的颜色混浊的酽茶。吃了烧饼，渴了，就用一个特大的茶缸子，倒出一缸，咕嘟咕嘟一口气喝了下去，然后打一个很响的饱嗝。

他的儿子也跟他一样。这孩子才十六七岁，已经很老成。孩子的那点天真爱好，放风筝，掏蛐蛐，逮蝈蝈，养金铃子，都已经叫严厉的父亲的沉重的巴掌驱逐得一干二净。八千岁到底还是允许他养了几只鸽子。这还是宋侉子求的情。宋侉子拿来几只鸽子，说："孩子哪儿也不去，你就让他喂几只鸽子玩玩吧。这吃不了多少稻子。你们不养，别人家的鸽子也会来。自己有鸽子，别家的鸽子不就不来了。"米店养鸽子，几乎成为通例，八千岁想了想，说："好，叫他养！"鸽子逐渐发展成一大群，点子、瓦灰、铁青子、霞白、麒麟，都有。从此夏氏宗祠的屋顶上就热闹起来，雄鸽子围着雌鸽子求爱，一面转圈儿，一面鼓着个嗉子不停地叫着："咯咯咕，咯咯咯咕……"夏家的显考显妣的头上于是就着了好些鸽子粪。小千岁一有空，就去鼓捣他的鸽子。八千岁有时也去看看，看看小千岁捉住一只宝石眼的鸽子，翻过来，正过去，鸽子眼里的"沙子"就随着慢慢地来回滚动，他觉得这很有趣，而且想：这是怎么回事呢？父子二人，此时此刻，都表现了一点童心。

八千岁那样有钱，又那样俭省，这使许多人很生气。

八千岁万万没有想到，他会碰上一个八舅太爷。

这里的人不知为什么对舅舅那么有意见。把不讲理的人叫作"舅舅"，讲一种胡搅蛮缠的歪理，叫作"讲舅舅理"。

八舅太爷是个无赖浪子，从小就不安分。小学五年级就穿起皮袍子，里面下身却只穿了一条纺绸单裤。上初中的时候，代数不及格，篮球却打得很漂亮，球衣球鞋都非常出众，经常代表校队、县队，到处出风头。初中三年级时曾用这地方出名的土匪徐大文的名义写信恐吓一个大财主，限他几天之内交一百块钱放在土地庙后第七棵柳树的树洞里，如若不然，就要绑他的票。这大财主吓得坐立不安，几天睡不着觉，又不敢去报案，竟然乖乖地照办了。这大财主原来是他的一个同班同学的父亲，常见面的。他知道这老头儿胆小，所以才敲他一下。初中毕业后，他读了一年体育师范，又上了一年美专，都没上完，却在上海入了青帮，门里排行是通字辈，从此就更加放浪形骸，无所不至。他居然拉过几天黄包车。他这车没有人敢坐——他穿了一套铁机纺绸裤褂在拉车！他把车放在会芳里弄堂口或丽都舞厅门外，专拉长三堂子的妓女和舞女。这些妓女和舞女可不在乎，她们心想：倷弗是要白相相吗？格么好，大家白相白相！又不是阎瑞生，怕点啥！后来又进了一个什么训练班，混进了军队，“安清不分远和近，三祖流传到如今”，因为青洪帮的关系，结交很多朋友，虽不是黄埔出身，却在军队中很“兜得转”，和冷欣、顾祝同都能拉上关系。

抗战军兴，他随着所在部队调到江北，在里下河几个县轮流转。他手下部队有四营人，名义却是一个独立混成旅。

“八一三”以后，日本人打到扬州，就停下来，暂时不再北进。日本人不来，“国军”自然不会反攻，这局面竟维持了相当长的时间。起初人心惶惶，一夕数惊，到后来大家有点麻木了；竟好像不知道有日本兵就在一二百里之外这回事，大家该做什么还是做什么。种田的种田，做生意的做生意。长江为界，南北货源虽不那么畅通，很多人还可以通过封锁线走私贩运，虽然担点风险，获利却倍于以前。一时间，几个县竟呈现出一种畸形的繁荣，茶馆、酒馆、赌场、妓院，无不生意兴隆。

八舅太爷在这一带真是得其所哉。非常时期，军事第一，见官大一级，他到了哪里就成了这地方的最高军政长官，县长、区长，一传就到。军装给养，小事一桩。什么时候要用钱，通知当地商会一声就是。来了，要接风，叫作“驻防费”，走了，要送行，叫作“开拔费”。间三岔五的，还要现金实物“劳军”。当地人觉得有一支军队驻着，可以壮壮胆，军队不走，就说明日本人不会来，也似乎心甘情愿地孝敬他。他有时也并不麻烦商会，可以随意抓几个人来罚款。他的旅部的小牢房里经常客满。只要他一拍桌子，骂一声“汉奸”，就可以军法从事，把一个人拉出去枪毙。他一到哪里，就把当地的名花包下来，接到公馆里去住。一出来，就是五辆摩托车，他自己骑一辆，前后左右四辆，风驰电掣，穿街过市。城里和乡下的狗一见他的车队来了，赶紧夹着尾巴躲开。他是个霸王，没人敢惹他。他行八，小名叫小八子，大家当面叫他旅长、旅座，背后里叫他八舅太爷。

他这回来，公馆安在宜园。一见虞小兰，相见恨晚。他有时住在虞家，有时把虞小兰接到公馆里去。后来干脆把宜园的墙打通了——虞家和宜园本只一墙之隔，这样进出方便。

他把全城的名厨都叫来，轮流给他做饭。座上客常满，杯中酒不空。他爱唱京戏，时常把县里的名票名媛约来，吹拉弹唱一整天。他还很风雅，爱字画，谁家有好字画古董，他就派人去，说是借去看两天。有借无还。他也不白要你的，会送一张他自己画的画跟你换，他不是上过一年美专吗？他的画宗法吴昌硕，大刀阔斧，很有点霸悍之气。他请人刻了两方押角图章，一方是阴文：“戎马书生”，一方是阳文：“富贵英雄美丈夫”——这是《紫钗记·折柳阳关》里的词句，他认为这是中国文学里最好的词句。他也有一匹乌骓马，他请宋侉子来给他看看，嘱咐宋侉子把自己的踢雪乌骓也带来。千不该万不该，宋侉子不该褒贬了八舅太爷的马。他说："旅长，你这不是真正的踢雪乌骓。真正的踢雪乌骓是只有四个蹄子的前面有一小块白；你这匹，四蹄以上一圈都是白的，这是踏雪乌骓。"八舅太爷听了很高兴，说："有道理！"接着又问："你那匹是多少钱买的？"宋侉子是个外场人，他知道八舅太爷不是要他来相马，是叫他来进马了，反正这匹马保不住了，就顺水推舟，很慷慨地说："旅长喜欢，留着骑吧！"——"那，我怎么谢你呢？我给你画一张画吧！"

宋侉子拿了这张画，到八千岁米店里坐下，喝了一碗茶叶棒泡的酽茶，说不出话来。八千岁劝他："算了，是儿不死，是财不散，看开一点，你就当又在虞小兰家花了一笔钱吧！"宋侉子只好苦笑。

没想到，过了两天，八舅太爷派了两个兵把八千岁"请"去了。当这两个兵把八千岁铐上，推出店门时，八千岁只来得及跟儿子说一句："赶快找宋大伯去要主意！"

宋侉子找到八舅太爷的秘书了解一下，案情相当严重，是"资敌"。八千岁有几船稻子，运到仙女庙去卖，被八舅太爷的部下查获了。仙女庙是敌占区。"资敌”就是汉奸，汉奸是要枪毙的。宋侉子知道罪不至此。仙女庙是粮食集散中心，本地贩粮至仙女庙，乃是常例，“抗战军兴”，未尝中断。不过别的粮商都是事前运动，打通关节，拿到“准予放行”的执照的，八千岁没有花这笔钱，八舅太爷存心找他的茬，所以他就触犯了军法。宋侉子知道这是非花钱不能了事的，就转弯抹角地问秘书，若是罚款，该罚多少。秘书说：“旅座的意思，至少得罚一千现大洋。”宋侉子说：“他拿不出来。你看看他穿的这身二马裾！”秘书说：“包子有肉，不在褶儿上。他拿得出，我们了解。你可以见他本人谈谈！”

宋侉子见了八千岁，劝他不要舍命不舍财，这个血是非出不可的。八千岁问：“能不能少拿一点？”宋侉子叫他拿出一百块钱送给虞芝兰，托虞小兰跟八舅太爷说说，八千岁说：“你做主吧。我一辈子就你这么个信得过的朋友！”说着就落了两滴眼泪。宋侉子心里也酸酸的。

虞小兰替八千岁说了两句好话：“这个人一辈子省吃俭用，也怪可怜的。”八舅太爷说：“那好！看你的面子，少要他二百！他叫八千岁，要他八百不算多。他肯花八百块钱买两匹骡子，还不能花八百块钱买一条命吗！叫他找两个铺保，带了钱，到旅部领人。少一个，不行！”

宋侉子说了好多好话，请了八千岁的两个同行，米店的张老板、李老板出面作保，带了八百现大洋，签字画押，把八千岁保了出来。张老板、李老板陪着八千岁出来，劝他：

“算了，是儿不死，是财不散。不就是八百块钱吗？看开一点。破财免灾，只当生了一场夹气伤寒。”

八千岁心里想：不是八百，是九百！不过回头想想，毕竟少花了一百，又觉得有些欣慰，好像他凭空捡到一百块钱似的。

八舅太爷敲了八千岁一杠子，是有精神上和物质上两方面理由的。精神上，他说：“我平生最恨俭省的人，这种人都该杀！”物质上，他已经接到命令，要调防，和另外一位舅太爷换换地方，他要“别姬”了，需要用一笔钱。这八百块钱，六百要给虞小兰买一件西狐肷的斗篷，好让她冬天穿了在宜园梅岭踏雪赏梅；二百，他要办一桌满汉全席，在水榭即荷花亭子里吃它一整天，上午十点钟开席，一直吃到半夜！

八舅太爷要办满汉全席的消息传遍全城，大家都很感兴趣，因为这是多年没有的事了。八千岁证实这消息可靠，因为办席的就是他的紧邻赵厨房。赵厨房到他的米店买糯米，他知道这是做火腿烧卖馅子用的；还买香粳米，这他就不解了。问赵厨房："这满汉全席还上稀粥？"赵厨房说：满汉全席实际上满点汉菜，除了烧烤，有好几道满洲饽饽，还要上几道粥，旗人讲究喝粥，莲子粥、薏米粥、芸豆粥……""有多少道菜？"——"可多可少，八舅太爷这回是一百二十道。"——"啊？"——"你没事过来瞧瞧。"

八千岁真还过去看了看：烧乳猪、叉子烤鸭、八宝鱼翅、鸽蛋燕窝……赵厨房说："买不到鸽子蛋，就这几个，太少了！"八千岁说："你要鸽子蛋，我那里有！"八千岁真是开了眼了，一面看，一面又掉了几滴泪，他想：这是吃我哪！

八千岁用一盆水把"食为民天"旁边的"概不作保"的字条闷了闷，刮下来。他这回是别人保出来的，以后再拒绝给别人作保，这说不过去。刮掉了，觉得还留着一条"僧道无缘"也没多少意思，而且单独一条，也不好看，就把"僧道无缘"也刮掉了。

八千岁做了一身阴丹士林的长袍，长短与常人等，把他的老蓝布二马裾换了下来。他的儿子也一同换了装。

吃晚茶的时候，儿子又给他拿了两个草炉烧饼来，八千岁把烧饼往账桌上一拍，大声说：

"给我去叫一碗三鲜面！"

老　鲁

去年夏天我们过的那一段日子实在是好玩。我想不起什么恰当的词儿，只有说它好玩。学校里四个月发不出薪水，饭也是有一顿没一顿的吃。校长天天在外头跑，想法挪借。起先回来都还说哪儿能弄多少，什么时候可以发一点钱。不知说了多少次，总未实现。有人于是说，他不说哪一天有，倒还有点希望，一说哪天有，那天准没有。大家颇不高兴，不免发牢骚，出怨言。然而生气的是他说谎，至于发不发薪水本身倒还其次。事实上我们已经穷到极限，再穷下去也不过如此，薪水发下来原无济于事，最多可以进城吃一顿。这个情形没有在内地，尤其是昆明，尤其是我们那个中学教过书的人，大概没法明白。好容易学校挨到暑假，没有中途关门。可是一到暑假，我们的日子就更特别了。钱，不用说，毫无指望。我们已好像把这件事忘了。校长能做到的事是给我们零零碎碎地弄一餐两餐米，买三二十斤柴。有时弄不到，就只有断炊。菜呢，对不起，校长实在想不到法。可我们不能吃白斋呀，嗨，有了，有人在学校荒草之间发现了很多野生苋菜。这个菜云南人管叫小米菜，不大吃，大都摘来喂猪，或在胡萝卜田堆锦积绣的丛绿之中留一两棵，到深秋时，夕阳光中晶晶的红，看着好玩。学校里的苋菜多肥大而嫩，自己去摘，半天可得一大口袋。借一二百元买点油，多加大蒜，炒它一锅，连锅子掇上桌，味道实在极好。能赊得到，有时还赊半斤本乡土制，未经漉滤的酒来，就土碗里轮流大口大口地喝！小米菜渐渐被我们几个人吃光了，有人又认出一种野菜，说也可以吃的。这种菜，或不如说这种草更恰当些，枝叶深绿色，叶如猫耳大小而有缺刻，有小毛如粉，放在舌头上拉拉的。这玩意儿北方也有，叫作“灰藋菜”，也有叫讹了成“回回菜”的，按即庄子“逃蓬藋者闻人足音则跫然喜”之藋也。若是裹了面，和以葱汁蒜泥，蒸了吃，也怪好吃的。可是我们买不起面粉，只有少施油盐如炒苋菜办法炒了吃吧。味道比起苋菜，可是差远了。另外还有一种菜，独茎直生，周附柳叶状而较软熟的叶子，如一根脱毛的鸡毛掸帚，在人家墙角阴湿处皆可看见的，也能吃，不知怎么似乎没有尝试过。大概灰藋菜还足够我们吃的。学校在观音寺，是一荒村，也没有什么地方可去。我们眠起居食，皆无定时。一早起来，各在屋里看看书，到山上田里走走，看看时间差不多，就招呼招呼去“采薇”了。下午常在门外一家可以欠账的小茶棚中喝茶，看远山近草，看行人车马，看一阵风卷起大股黄土，映在太阳光中如轻霞薄绮，看黄土后面蓝得（真是）欲流下来的天空。到太阳一偏西，例当再去想法晚饭菜了。晚上无灯——交不出电灯费教电灯公司把线给铰了，集资买一根土蜡烛，会在一个人屋里，在凌乱的衣物书籍之间各自躺下坐好，天南地北地乱聊一气。或忆述故乡风物，或臧否同学教授，清娓幽俏，百说不厌；有时谈及人生大事，析情讲理，亦颇严肃认真；至说到对于现实政治社会，各人主张不同，带骨有刺的话也有的，然而好像没有尖锐得真打起架来过。

啊呀，题目是“老鲁”，我一开头就哩哩啦啦带上了这么些闲话做什么？没有办法。—— 一个不会谈天的人才老是“我”怎么，“我们”怎么。我们（又来了！）那时在一处聊天时曾有戒条，不许老说自己的事。这本是针对一个太喜欢说自己的事的人而立的。但人大概总免不了有这点儿脾气。一个从来不说自己的事情的人，八成是个不近人情的怪物。我原想记一记老鲁是什么时候来的，遂情不自禁地说了许多那时候的碎事。我还没有说得尽兴，但只得噎住了。再说多了，不但喧宾夺主，文章不成格局，（现在势必如此，已经如此）且亦是不知趣了。

但这些事与老鲁实在有些关系。前已说过老鲁是那时候来的。学校弄成那样子，大家纷纷求去。真为校长担心，下学期不但请不到教员，即工役校警亦将无人敢来。而老鲁偏在这时会来了。没事在空落落的学校各处走走，有一天，似乎看见校警们所住房间热闹起来。看看，似乎多了两个人。想，大概是哪个来了从前队伍上的朋友了。（学校校警多是退伍的兵）。到吃晚饭时常听到那边有欢声。这个欢声一听即知道是烧酒翻搅出来的。嗷，这些校警有办法，还招待得起朋友啊？要不，是朋友自己花钱请客，翻作主人？走过门前，有人说“汪老师，来喝一杯”，我只说“你们喝，你们喝”，就过去了。是哪几个人也没看清。再过几天，我们在挑野菜时看见一个光头瘦长个子穿草绿色军服的人也在那儿低了头掐那种灰藋菜的嫩头。走过去，他歪了头似笑非笑地笑了一下。这是一种世故，也不失其淳朴。这个“校警的朋友”有五十了，额上一抬眉有细而密的皱纹。看他择菜，极其内行。既迅速且“确实”。我们之中至今有一个还弄不大清楚，摘苋菜摘了些野茉莉叶子，择灰藋菜则更不知道是什么麻啦蓟啦的，都来了，总要别人更给鉴定一番。有时拣不胜拣，觉得麻烦，则不管三七二十一，哗啦一齐倒下锅。这么在摘菜时每天都见面，即心仪神往起来，有点熟了。他就给我们指点指点，那些菜或草吃不得。照他说，简直可吃的太多了！他打着一嘴山东话，言语有神情趣味。

后来不但是蔬菜，即荤菜亦能随地找得到了。这大概可以说是老鲁发明的。——说发明，不对，应说什么呢？在我看，那简直就是发明：是一种甲虫，形状略似金龟子，略长，微扁，有一粒蚕豆大，村子里人即管它叫蚕豆虫或豆壳虫。这东西自首夏至秋初从土里钻出来，黄昏时候，漫天飞，地下留下一个一个小圆洞。飞时鼓翅作声，声如黄蜂而微细，如蜜蜂而稍粗。走出门散步，满耳是这种营营的单调而温和的音乐。它们这样营营地忙碌地飞，是择配。这东西一出土即迫切地去完成它生物的义务。到一找到对象，俱就便在篱落枝头息下。或前或后于交合的是吃，极其起劲地吃。所吃的东西却只有柏叶一种。也许它并不太挑嘴，不过至少最喜欢吃柏叶是可断言的。学校后旁小山上一片柏林，向晚时无千无万。单就这点说，这东西是颇高雅的，有如吃果子狸或松鸡。老鲁上山挑水，回来说是这种虫子可吃。当晚他就捉了好多。这不费事，带个可以封盖东西，或瓶或罐，走到那里，随便一掳即可有三五七八个不等，它们毫不知逸避。老鲁笑嘻嘻地拿回来，掐了头，撕去甲翅，熟练得如同祖母她们挤虾仁一样。下锅用油一煤，（他说还有几种做法）洒上重重的花椒盐，搭起酒来了。“老师，请两个嘛！”有大胆的真尝了两个，说是不错。我们都是“有毛的不吃掸子，有腿的不吃板凳”的，经闭目咧嘴地尝了一个之后，“唔！好吃。”于是桌上多了一样菜，而外边小铺里的酒账就日渐其多起来了。这酒账直至下学期快开学时才由校长弄了一笔钱一总代付了的！豆壳虫味道略如清水河条米虾。可是我若有虾吃决不吃它。以后我大概既没有虾吃时也不会有吃这玩意的时候了。老鲁呢，则不可知了。不论会吃或不会吃，他想都当因之而念及观音寺那个地方的吧。

不久，老鲁即由一个姓刘的旧校警领着见了校长，在校警队补了个名字。校长说，饷是一两月内发不出的哩。老刘自然早知道，说不要紧的，他只想清清静静住下，在队伍上走久了，不想干了，能吃一口就像这样的饭就行。（他说到“这样的饭”时在场人都笑了一下。）他姓鲁，叫鲁庭胜，（究竟该怎么写，不知道，他有个领饷用的小木头图章，上头是这三个字）。我们都叫他老鲁，只有总务主任叫他姓名。济南府人氏。何县，不详。和他一起来的一个，也“补上”了，姓吴，河北人。

学校之有校警，本是因为地方荒僻，弄几支枪，找俩人背上，壮壮胆子的意思。年长日久，一向又没发生过什么事情，这个队近于有名无实了。上班时他们抱着根老捷克式，坐在门口长凳上晒太阳，或看学生打球。事闲了则朵朵来米西地走来走去，嘴里咬了根狗尾巴草，与卖花生的老头搭讪，帮赶车的小孩钉蹄铁。日子过得极其从容。有些耐不住的，多说声“没意思”就走了。学校也觉得这么两支老枪还是收起来吧，就一并搁在校长宿舍靠在墙角上锈生灰去了。有时忽然有谁端出来对准一只猫头鹰瞄了半天，“当”的一声却打在一棵老栗树叶子最多的地方。校警呢，则留下来的两三个全屈才做了工友本来做的事了。留下来的大都是爱这里的生活方式的，做点杂事倒无所谓。你别说，有一件制服在身，多少有点羁束，现在能爱怎么穿怎么穿，就添了一分自在。可是他们要是太爱那种生活方式，我们就有点不大方便。你要喝水，（做教员的水多重要！）挑水的正在软草浅沙之中躺着看天上的云呢。没办法，这个学校上上下下全透着一种颇浓的老庄气味。自从老吴和老鲁来了，气象才不同起来。

老吴留长发，向后梳，顶上秃了一块，看起来脑门子很高。高眉直鼻，瘦长身材，微微驼背。走路步子碎，稍急点就像跑了。这样的人让他穿件干干净净蓝布大衫比穿军服合适得多。学校里教书的多说国语，他那一口北京话，您啦您啦的就中意。他还颇识字，能读书报。甫来工作不久，有发愤做人之意，在自己床前贴了一副短联：

烟酒不戒哉

不可为人也

戒自然戒不了的，而且何必。老吴不比老鲁小多少，也望五十了，而有此志气，或有立志之兴趣，这在我们看起来，是难得的，而且不知怎么的有点教人难过。哎，我又要说不相干的话了。我说了这回事是证明他能写字耳。他管的事是进城送信送文书，在家时则有什么做什么。他不让自己闲，哪里地不平，找把铲子弄平了；谁窗上皮纸破了，他给糊，而且出主意用清油抹一抹；地下一根草，一片纸屑，他见了，必要拾去；整天看见他在院子里不慌不忙而快快地走来走去。且脑子清楚，态度殷勤，我们每进城与熟人谈天，常提起新来了一个工友，“精彩！”有一天，须派人到一个什么机关里交涉一宗事情，谁也不愿意去，有人说，让老吴去！校长把自己的一套旧西服取下来，说，行！真的老吴换了那身咖啡色西服，梳梳头，拿了张片子就去了。回来，结果自然蛮好，比我们哪个去都好。

一快放暑假时，大家说，完了，准备瘦吧。不是别的，每年春末之后，差不多全校要泻一次肚。在泻肚时大家眼睛必又一起通红发痒。是水的关系。这村子叫“观音寺”，可是这一带总属于“黄土坡”。昆明春天不下雨，是风季，或称干季，灰沙大得不得了，黄土坡尤其厉害。我们穿的衣服，在家里看看还过得去，一进城马上觉得脏得一塌糊涂。你即使新换了衣服进城也没用，人家一看就知道从哪里来的：我们的头发总是黄的！学校附近没有河，也没人家有井，食用的水大概是从两处挑来。一个是前面田地里一口塘，一是后面山顶上的一个“龙潭”。龙潭，昆明人叫泉叫龙潭。那也是一口塘，想是底下有水冒上来，故终年盈满，水清可鉴。若能往山上挑龙潭里水来吃用，自是好的。但我们平日不论饮用炊煮漱口洗面的水都是田地里的塘水。向学校抗议呀，是的，找事务主任！可是主任说，“我是管事务的，我也是 × × × 呀”！这就是说他也是个人，不只是除事务之外就什么也没有了的，他也有不耐烦的时候。跟工友三番两次说，“上山挑”！没用。说一次，挑两天。你不能每次跟着他去。而且，实在的，上山又远，路又不好走。也难怪，我们有时去散散步，来回一趟还怪累的。再加，山上风景不错，可是冷清得很，一个人挑个水桶，斤共斤共，有什么意思？田里至少有两个娘们锄地插秧，漂衣洗菜，热闹得多。大家呢，不到眼红泻肚时也不记起来；等记起来则已经红都红了，泻也泻了。到时候六味地黄丸或者是什么东西每人一包，要了一杯（还是塘里来的）水，相对吞食起来。这塘水倒是我们之间的一个契合，一种盟约。老鲁来了，从此我们肚子不大泻。眼睛是也红的，因为天干，吃得太坏，角膜炎，与水无关。胖自然也没胖起来。老鲁挑水都上山。也并没有哪个告诉他肚子眼睛的事，他往两处看了看，说底下那个水“要不的”。这全校三百多人连吃带用的水挑起来也够瞧的。老鲁一模糊亮就起来，来来回回不停地挑。有时来不及，则一担四桶，前两桶后两桶。水挑回来，还得劈柴。然后一个人关在茶炉间里烧。自此我们之中竟有人买了茶叶，颇讲究起来了。因为水实在太方便，一天来送好些回。

有人就穷过瘾了：昆明气候好，秋来无一点萧瑟严厉感觉，只稍微尝出百物似乎较为老熟深沉，（仍保留许多青春，不缺天真。）早晚岚雾重些，半夜读书写字时须多加一件衣裳。白天太阳照着，温暖平和，全像一个稍微删改过一番的春天。波斯菊依然未开尽，花小了点，绮丽如旧。美人蕉结了不少籽，而远看猩红一片，连籽儿也如花开。课余饭后在屋前小草坪上，各人搬张椅子，又聊开了。饭能像一顿饭那样开出，有一件绒线衫在箱子里，还容许我们对未来做一点梦。我听过不止一个人说起过：一太平了，有个家，啊，要好好布置安排一下。让老吴，看门住在前院，管看门，管洒扫应对，出去时留下话，谁来找让他在客厅里等等，漆盒子里有铁观音，香烟在书桌左边抽屉里。老鲁呢，则住在后头小园子里最合适。当真再往下想：老吴要稍微懒一点才好，他得完全依他本性来，尽可借故到天桥落子馆坐坐，有事推给别人做。现在明明是过分“巴结”，不好。他应当有机会在主人工作的藤椅中坐坐，倒一杯好茶喝喝，开开抽屉取三四根烟。而让他去买东西，也必须跟铺子里要一个折扣才对。老鲁大概会把左右邻居的水都包下来。还给对面卖柿子的老太婆挑，有衣服可以让她补补。唔，老鲁多半还要回家种两年地，到田里粮食为蝗虫啃光了或大水冲完时又会坐在老吴门房里等主人回来的。自己想想，不免笑笑。觉得这告诉不得人。这是“落伍思想”，多少民族人类大事不思索，倒看到自己的暮年了，才二十几岁的人哩。而且或许引起人的剧烈批评，说这是布尔乔亚或什么的。其实呢，想起来虽用第一人称，倒不失为客观，并无把老吴老鲁供自己役使之意。何必如此严重，想想好玩而已。你看老鲁刚刚冲了茶，茶正在你手里热热的。而老吴夹了一卷今天的报纸来了，另一手上是两封远地来的信。有人叫住他们俩，把这个好玩意思问他们，一个是“好唉，好唉”，一个“那敢情好”，都笑着走开了。我不知道人那么一问他们喜欢不喜欢。这两个四五十岁的人会不会因此而能靠得紧些，有一种微妙关系结在他们心上呢？我有时傻气得很，活在世界上恐怕不要这种东西。不过傻气的人也有。自老吴老鲁一来，学校俨然分为两派，一派拥护老吴，一派拥护老鲁。有时为他们的优劣（其实不好说优劣，优劣只能用在钢笔手表热水壶上！）竟辩论过。我很高兴，我愿意他们喜欢老鲁的人都喜欢老鲁了。至于别的人，我认为他们是根本无可无不可，或完全由自己利害观点出发的，可以不予考虑。对于老鲁，有些人的感情可以说是"疼爱"。这好像有点近于滑稽了。可不！原是可笑的。哎，我问你，你是不是一个一点都不可笑的人？我们且问问：

"老鲁，你累不累？"

"累什么，我的精神是顶年幼儿的来。"

这个"顶年幼儿的"，好新鲜的词儿！我们起初简直不懂，一个山东同学（应说"同事"才对，可是我讨厌这个称呼）含笑，他是懂的。老鲁说得对。老鲁并不高大。——人太高大一则容易令人叹惜，糟蹋了材料；再，要不就是显得巍巍乎，不可亲近，不近人情。可是老鲁非常紧凑，非常经济。老鲁全身没有一块是因为要好看而练出来的肉。处处有来历，这是挑出来的，这是走出来的，这是为了加快血液循环，喘了气而涨出来的，这是吃苦吃出来的。而且，老鲁有一双微微向外的八字脚！这脚不是特别粗大肥厚，反之，倒是瘦瘦长长且薄薄的。老鲁是从有结晶的沙土里长出来的。一棵枣树，或，或什么呢，想不起来了，就是一棵枣树吧，得。还要再往下说么，说他倔强地生根，风里吹，雨里打，严霜重露，荒旱大竭，困厄灾难……那就贫气了，这你不知道！老鲁他倒是晒太阳喝水，该愁就愁，该喜就喜地活了下来。

老鲁十几岁即离家出来吃粮当兵。有一天，学校让我进城买米，我让老鲁一块去。老鲁挟了两个麻布口袋，活活泼泼的这抄一把那掏一撮的看来看去，跟一个掌柜的论了半天价。“不卖？好，不卖咱们走下家。”一会儿又回到原来铺子，偏着身子，（像是准备不成立刻就走）扬了头，（掌柜的高高爬在米垛子上，）“哎，胡子！卖不卖，就是那个数，二八，卖，咱就量来！”显然掌柜的极中意这个称呼，他有一嘴乌匝青密的牙刷胡子，他乐了乐，当真就卖了！太阳照得亮亮的，这两个人是一幅画。诸位，我这完全是题外之言。我是忘不了那天的情形。真要说的是那天进城的另外一件事。就是那天，我们在进城的马车上，马车（可没有南京上海或美国电影上的那么美）上是庄稼人，保长，小菜棚的老板娘进城办芝麻糖葵花子，还有两个穿军装的小伙子。这两个小伙子，我想是机械士或师长勤务兵之类，一个手上一只不走的表，另一个左边犬齿镶了金包嵌绿桃子，他们谈他们的，无缘无故地大起声音来，“我们哪里没去过，什么‘交通工具’没坐过！飞机火车坦克车；法国大菜，钢丝床！”老鲁不说话，抽他的烟。等他们下了马车，端着肩膀走了，老鲁说，“两个烧包子！”好！这简直是老鲁说的话。老鲁十几岁就当兵了。提起这个，令人惆怅：老是跟老鲁说，“老鲁，什么时候你来，弄点酒，谈谈你自己的事我们听听。”老鲁则说：“有什么可谈的，作孽受苦就是了。好唉，哪天。今儿不行，事多。”老说，老说，终没有个机会。

我们就知道一点点。老鲁在张宗昌手下当过兵。“铳子队，”他说。“童子队？”有人不懂。“铳子队！喉，不懂，铳子队就是马弁。”有人懂。“马弁，噢，马弁。”都懂了。“铳子队，都挑些个年轻漂亮小伙子，才出头二十岁！”老鲁说。大家微笑。笑现在，也笑从前。大家自然相信老鲁曾是个年轻漂亮小伙子，盒子炮，两尺长鹅黄丝穗子！老鲁他不悲哀，仿佛那个铳子队是他弟弟似的看他自己。他说了一点大帅的事，也不妨说是他自己的事吧：“大帅烧窑子。北京，大帅走进胡同，一个最红的姐儿，窑姐儿叼了支烟，（老鲁摆了个架势，跷起二郎腿，抬眉细目，眼角迤斜，）让大帅点火。大帅说，‘俺是个土包子，俺不会点火。’豁呵，窑姐儿慌了，跪下咧，问你这位，是什么官衔。大帅说‘俺是山东梗，梗，梗!’（老鲁翘起大拇指，圆睁两眼，嘴微张开半天。从他神情中，我们知道‘梗，梗，梗！’是一种什么东西。这个字实在不知道怎么写。大帅的同乡们，你们贵处有此说法吗？）窑姐儿说是你老开恩带我走吧。大帅说，‘好唉！’（大帅也说‘好唉’？）真凄惨，（老鲁用了一个形容词。）烧！大帅有令，十四岁以下，出来。十四岁过了的，一个不许走，烧！一烧烧了三条街，都烧死咧。”——老鲁叙述方法有点特别。你也许不大弄得清白。可不是，我也不知道大帅为什么要烧窑子。我们就大概晓得那么一回事就是了。当然，老鲁也是点火烧的一个了。他是铳子队嘿。另外我们还知道一点老鲁吃过的东西。其一是猪食。军队到了一个地方，什么都没有了，饿了好几天了，老百姓不见影子，粮食没有一颗。老鲁一看，咳！有个猪圈，猪是早没有了，猪食盆在呐，没办法，用手捧了一把。嗐，“还有两爿儿整个苞谷一剖俩的呢，怪好吃！”老鲁说这比羊肉好吃多了。“比羊肉好吃？”有人奇怪，唉，什么羊肉，白煮羊肉。“也是，老百姓都逃了，拖到一只羊，杀倒了，架上火烀烂了：没盐！”没盐的羊肉，你没有吃过，你就无法知道那多么难吃。何况又是瘪了多少日子的肚子。啧啧，老鲁吃过棉花。那年，（他都说得有时间有地方的，我都忘了。）败了，一阵一阵地退。饿得太凶了，都走不动，一步一步拖，有的，老鲁说，“像个空口袋似的就颓下去了。”昏昏糊糊的，“队伍像一根烂草绳穿了一绳子烂草鞋，一队鬼。”实在饿得很了。老鲁他不觉得那是他自己。可是得走呀，在那个一眼看不到一棵矮树，一块石头的大平地上走。浑身没有一丝气力，光眼皮那还有点儿劲，不撑住，就耷拉下来了。老鲁看见前头一个人的衣服破了一块，白白的棉花绽出来，“吃棉花！前后肚皮都贴上了，”老鲁的脸上黑了一黑，“棉花啊，也就是填到肚里，有点儿东西。吃下去什么样儿，拉出来还是个什么样儿！”这，我们知道，纤维是不大溶解的。可是真没想到这点儿智识用到这上头来。这种事情于我们，还是不大“习惯”。生命到耗到最后一点点，居然又能回来。这教你想起小时候吹灯，眼看快灭了，松了口气，它又旺起来了，由青转红，马上就雪亮。此极不可思议。且说这些经验于老鲁本身是什么意义呢？嘻，这问题不大“普通”，我们且不必管他。然而，老鲁不经过这些事仍无损其为一个老鲁？老鲁呢，他是希望能够安安稳稳地过一辈子。

老鲁这一辈子“下来”过好几次。他在上海南京都住过。下来时，大概都有了点钱。他说在上海曾有过两间房子，想来还开个小铺子的。南京他弄过一个磨坊。这是抗战以前的事。一打仗，他摔下就跑了。临走时磨坊里还有一百六十多担麦子。离开南京，他身上还有点钱，钱慢慢花完了，“又干上咧”。老鲁是“活过来的”了。他不大怀念那个过去。只有一次，我见他颇为惘然的样子。黄昏的时候，在那个茶棚前，一队驮马过去。赶马的是个小姑娘，呵斥一声，十头八匹马一起撒开步子，背上一个小木鞍桥郭搭郭搭敲着马脊背直响。老鲁细着眼睛，目送过去，兀立良久。他舌尖顶着牙龈肉打了个滚。但在他脱下军帽，抓一抓光头时，他已经笑了：“南京城外赶驴子的，都是十七八岁大姑娘，一根小鞭子，哈咻哈咻，不打战，不歇力，一劲儿三四十里地，一串几十个，光着脚巴丫子，戴得一头的花！”这么一来，那一百六十担麦子不能折磨他了。老鲁在他的形容中似乎得到一点快乐。“戴得一头的花”，他说得真好。

可是话说回来了，一百六十担麦子是一百六十担麦子呀，不是别的。一百六十担麦子比起一斗四升豆子，就显得更多了。也难怪老鲁要提起好多次。老鲁爱的是钱。他那么挑水，也一半为钱。“公家用的”水挑完了之后还给几个有家眷自己起火的，有孩子，衣服多，不能给人洗的，挑私用的水。多少可以得一点钱。有人问老鲁，“你要钱干什么？”意思是“你这么样活了大半辈子，还对这个东西认识不清楚吗？”有人且告诉他几个故事。某人某人，赤手起家，弄了三部卡车，来回跑缅甸仰光，几千万的家私，一炮也就完了。护国路有所大洋楼，黄铜窗槛绿绒帘子，颤呀颤的沙发椅子，住了一个“扁担”。这扁担挑了二十年，忽然时来运转发了一笔横财，钱是有了，可是人过得极无意思。到了大场面，大家因他是财主，另眼看待，可是他刘姥姥进大观园，手足无措，一身不自在。就是自己家里白瓷澡盆都光滑冰冷用着不惯。从前的车站码头上一块吃猪耳朵闷小肠的朋友又没哪个敢来攀附他，实在孤独寂寞，整天摸他的大手。再说，三十年，一个马车夫得了法，房子盖得半条弄，又怎么呢，儿子整天为一块瓦片吵架，一家子鸡犬不宁。老鲁说不是这么说。“眼珠子是黑的，洋钱是白的。我家里挣下的几亩田，一定教叔叔舅舅占了卖了。我回去，我老娘不介意，欢欢喜喜地说：‘啊，我儿子回来了！’我就是光着屁股也不要紧。别人哝，我回来吃什么？”是的。于是老鲁要攒钱，找钱。到我们这里来，第一着是买了一斗四升豆子。老鲁这回下来时本有几个钱，十万多一点。（我们那学期的薪水一月二万五。）他一来的确做了不少次主人，请老校警喝酒的。连吃带用，又为一个朋友花了四万元。那个朋友队伍上下来，带了一支枪，想卖，路上让人查到了，关起来，老鲁得为他花钱。剩下那点钱，他就买了豆子了。他这大概是世界上规模最小的囤积了。他想等着起价，不想什么都涨，豆子直跌！没法，卖给拉马车的。自己常常看见那匹瘦骨嶙峋的白马，掀动大嘴嘎嘣嘎嘣地嚼他的豆子。可真气人，一脱手，价钱就俏起来了。

据我们所知，老鲁后来又把他攒积下来的一点钱“运用”过两次。那是在搬了家以后了。且说我们搬了家。从观音寺搬到白马庙。我是跟老鲁一车子去的。车子，马车。老鲁早已经到那边看过，远远就指给我们看，“那边，树郁郁的，喏，是了，旁边有个红红的大房子的。”他好像极欢喜，极兴奋。原因大半是那边“有一口大井，就在开水炉子旁边。”昆明的冬天也一点都不冷。老鲁那天可穿得整整齐齐。不知谁送了他一件旧青呢制服，想还是中学时候的东西，老鲁教洗衣老太婆翻了翻，和新的一样。就是小了点。自搬到那边，我住到另一地方，许多事都不大清楚了。过年了，（自然是阴历）一清早到学校看看，学校各处打扫得干干净净。房子算是洋房了，台阶上还有几盆花。老吴门上贴了副春联：

一夜连双岁

五更分二年

是他自己手笔。我猛然想起从前在家里吃的莲子羹来。而老鲁来了，“汪先生来了！”给我作了个揖算拜年。我想起，掏了一千块钱给他。一会儿老吴也来了，我听说他现在地位高了，介乎工役与职员之间了，刚才见面已打了个招呼，怎么……老吴穿校长送他的咖啡色西服。我没等他表示什么，又掏出一千，说“我昨天赢了钱，你打酒喝。”我心里一算，一共三千，留一千我自己，刚好！其时我身边有个人望着我笑。本说我请客看电影的，现在只有让她请我，一千元留着买一包吉士斐儿。——自此，老吴以“大总管”自居，常衔了个旧烟斗，各处看来看去。有时在办公室门口大叫“老——鲁！”“耳朵上哪去了！”“要关照多少次？”老鲁对老吴说得上是恨，除了老吴暴病死了，他才会忘记，且会拿出一点钱为他花一花的吧。而且有一个姓胡的校警写了封信给校长，说，“东西是新的好，人是旧的好，”也回来了。胡，二十几岁，派头很新，全是个学生样子，多少事情都由他办了。老鲁就显得更不重要。老鲁似乎很不快乐。——老鲁是因此而不快乐？我知道的，老鲁有一笔钱“陷住了”。老鲁攒积攒积也有卯二十万样子。这钱为一个事务员借去，合资托一个朋友买了谷子。事情不知怎么弄的，久久未有下文。常见老鲁在他的茶炉间独自吃饭，——这时他离群索居，校警之中只一个老刘还有时带了条大狗到他屋子玩玩，来跟他一处吃饭，老鲁是几乎顿顿喝酒。“吃了，喝了，都在我肚子里，谁也别想。”意思是有谁想他的钱似的。我还是不懂，老鲁哪里来的牢骚呢，这样一个人？后来且见他一来就一盘二三十个包子请客，请厨子，请一个女教员所雇女工。我想，这可不得了，老鲁这个花法！渐渐知道，喝，老鲁做了老板了。这包子是学校旁边一个小铺子来的，铺子有老鲁十几万股本。果然，老鲁常蹲在包子铺门前抽他的烟筒，呼噜呼噜。他拿那个新烟筒向我照了照：

“我买了个高射炮！”

佛笃吹着纸媒，抽了一袋，非常满意的样子。

“到云南来，有钱的没钱的，带两样东西回去。有钱的，带斗鸡。云南出斗鸡。没钱，带个水筒——高射炮！”

我挪过一张小凳子，靠门坐下来。门前是一道河，河里汤汤流水，水上点点萍叶，一群小鸭子吪吪咤咤向东，而忽而折向南边水草丛中。呵，鸭子不能叫小鸭子了，颜色早已都黑了。一排尤加利树直直地伸上去。叶子从各种方向承受风吹，清脆有金石声。上头是云南特有的蓝天，圆圆的覆下来。牛哞，哪里有舂臼声音。八年了，我来到云南。胜利了也快十个月。一起吃灰藋菜豆壳虫的都差不多离去了。阿——契诃夫主张每一篇小说都该把开头与结尾砍去，有道理！（幸好我这不是小说。）我起来，捡了块石头奋力一掷，看它跌在水里。

现在，我离开云南将两个月了，好快！

秋色無私到草花
曾祺寫

一年容易又秋風
九八〇年十二月 苦禪遣興

抽象的杠杆定律

胡少邦是西南联大一大活宝。他原是航校学生。航校教飞行，都是教官带着。教官先飞，到了一定高度，做一个手势交给学生开。教官推推他，叫他试飞。推了几下，他不动。教官一看，这位老兄睡着了！反应如此之迟钝，怎么能开飞机呢？请吧您哪！他被航校淘汰了，投考了西南联大，读哲学心理系。

虽然离开了航校，他对航空未能忘情。正在上着课，他忽然跑出教室，站在路口，高声喊叫：

“现在已经有了‘预行警报’，五华山挂了两个红球！”

昆明的防空警报分四种：预行警报、空袭警报、紧急警报、解除警报。后三种都由防空监视机关拉汽笛。空袭警报一长二短，表示日本飞机已入云南境，有可能到昆明来；紧急警报一长一短，表示日本飞机已经接近昆明；到拉了长音，则表示日本飞机已经轰炸扫射完了，飞回去了。“预行警报”不拉汽笛，只在五华山顶挂出红球——五华山是昆明的制高点，红球挂出，全城可见。胡少邦正在听课，不知道他是怎么“感觉”到五华山挂了红球的。

他还举行过几次演讲。事前贴出海报：整张的标语纸，画出几栏，左右两栏写明时间、地点，当中一栏较宽，浓墨大书：“学术演讲”，题目是“防空常识”。竟然有人去听他的演讲，听完了，还报以掌声！

胡少邦每天都要“表演”。中午饭过，他就表演起来。一是唱歌。他认为唱歌要唱得高，于是拼命高唱，一直唱到声嘶力竭。二是舞单刀。他有一把生锈的单刀，舞得飕飕地，一直舞到大汗淋漓，才抱刀收势，对围观的同学鞠躬致谢。起初有些同学起哄架秧子，鼓励他耍活宝，后来见他每天就是这一套，就不再捧场，他一张嘴嘶喊，就纷纷走散。

胡少邦是个“情种”。日本飞机老是到昆明来轰炸。一有警报，联大同学就都由北面的小门走出去“跑警报”。有时忽然变了天，乌云四合，就要下雨。下了雨，日本飞机就不会来了，大家陆陆续续往回走。胡少邦一马当先，抢在最前面。他这么着急慌忙地赶回去干什么？他到新校舍各个宿舍收集雨伞，抱了两大抱，等在北门旁边，有女同学回来，就送上一把（这时雨已下下来，正好用得着）。

“情种”自然多情。胡少邦认为很多女同学都爱他。他唯恐自己爱得不周到，有疏忽，致使某个女同学伤心流泪，就买了一张重磅图画纸，画了一个很详细清楚的表格，这样可以按计划一一访问。他把这张爱情一览表压在席子下面，时常抽出来审阅。不过有时也觉得可能有点自作多情。他到南院（女生宿舍）去看望某个女同学，看传达室的张妈总是说：“小姐不在！”他碰了壁，不死心，心想这不过是女孩子故作姿态而已。也许，他尚无特殊表现，还没有显出他的天才，还没有使女孩子动心。唔，是的，不错！

显露天才的机会来了！学校有个话剧团，要演《北京人》，导演找到他，因为他身材魁伟，而且有一种原始的味道。跟他说：“你演最合适！你其实是真正的主角，剧名不是叫《北京人》吗？”他同意了，跟大家一起去拍剧照。有一个有名的拍人像的摄影专家叫高岭梅，在正义路开了一家“高岭梅艺术人像”，昆明多数影剧界的都跟他很熟。他设计了剧照的画面：后面是北京人的齐胸的影子，拍得虚虚的；前面叠印主要人物和戏剧场面，高岭梅不愧是高手，拍出的效果很好。剧照陈列在正义路口，每一幅都有胡少邦的形象，他很得意，上身涂了很厚的油彩、凡士林，也不觉得难受。

不想胡少邦并未因此受到女同学的青睐。有一天吃饭的时候，他又吹嘘有多少女同学爱他，有一个华侨女生叫陈逸华，人很天真，说：“胡少邦，你别胡说八道，叫人笑话！”不想胡少邦勃然大怒，说：“怎么没有！就拿你来说：你爱我，我不爱你，你就说出这样的话！”气得陈逸华大哭。

胡少邦发现了真理！真理是“抽象的杠杆定律”。其要义是：万事万物，都有一个抽象的杠杆，只要找到杠杆的支点，则万事万物的问题就可迎刃而解，大至二次大战，小至苍蝇之微，皆清澈洞明，了无黏滞。呜呼，少邦悟此密旨，何其幸也。此上天予少邦者独厚，非人力所可诘究者也。

他著书立说，油印了好多本，遍赠教授同学。他给系主任冯友兰先生也呈献了一本。冯先生对他说：

“胡少邦！你去年哲学概论就不及格，今年再不及格，你就会被开除。你还是好好读书吧，别搞这一套胡说八道！”

我到郊区教了两年书，没有再见到胡少邦。听说他在莲花池冬泳，得了伤寒，死了。

后来又听说，他没有死，他自费到美国留学，现在还在。

日 规

西南联大新校舍对面是“北院”。北院是理学院区。一个狭长的大院，四面有夯土版筑的围墙。当中是一片长方形的空场。南北各有一溜房屋，土墙，铁皮房顶，是物理系、化学和生物系的办公室、教室和实验室。房前有一条土路，路边种着一排不高的尤加利树。一览无余，安静而不免枯燥。这里不像新校舍一样有大图书馆、大食堂、学生宿舍。教室里没有风度不同的教授讲授各种引人入胜的课程，墙上，也没有五花八门互相论战的壁报，也没有寻找失物或出让衣物的启事。没有操场，没有球赛。因此，除了理学院的学生，文法学院的学生很少在北院停留。不过他们每天要经过北院。由正门进，出东面的侧门，上一个斜坡，进城墙缺口。或到“昆中”“南院”听课，或到文林街坐茶馆，到市里闲逛，看电影……理学院的学生读书多是比较扎实的，不像文法学院的学生放浪不羁，多少带点才子气。记定理、抄公式、画细胞，都要很专心。因此文法学院的学生走过北院时都不大声讲话，而且走得很快，免得打扰人家。但是他们在走尽南边的土路，将出侧门时，往往都要停一下：路边开着一大片剑兰！

这片剑兰开得真好！是美国种。别处没有见过。花很大，比普通剑兰要大出一倍。什么颜色的都有。白的、粉的、桃红的、大红的、浅黄的、淡绿的、蓝的，紫得像是黑色的。开得那样旺盛，那样水灵！可是，许看不许摸！这些花谁也不能碰一碰。这是化学系主任高崇礼种的。

高教授是个出名的严格方正、不讲情面的人。他当了多年系主任，教普通化学和有机化学。他的为人就像分子式一样，丝毫通融不得。学生考试，不及格就是不及格。哪怕是考了分，照样得重新补修他教的那门课程。而且常常会像训小学生一样，把一个高年级的学生骂得面红耳赤。这人整天没有什么笑容，老是板着脸。

化学系的学生都有点怕他，背地里叫他高阎王。他除了科学，没有任何娱乐嗜好。不抽烟。不喝酒。教授们有时凑在一起打打小麻将，打打桥牌，他绝不参加。他不爱串门拜客闲聊天。可是他爱种花，只种一种：剑兰。

这还是在美国留学时养成的爱好。他在麻省理工学院读化学。每年暑假，都到一家专门培植剑兰的花农的园圃里去做工，挣取一学年的生活费用，因此精通剑兰的种植技术。回国时带回了一些花种，每年还种一些。在北京时就种。学校迁到昆明，他又带了一些花种到昆明来，接着种。没想到昆明的气候土壤对剑兰特别相宜，花开得像美国那家花农的园圃里的一般大。逐年发展，越种越多，长了那样大一片！

可是没有谁会向他要一穗花，因为都知道高阎王的脾气：他的花绝不送人。而且大家知道，现在他的花更碰不得，他的花是要卖钱的！

昆明近日楼有个花市。近日楼外边，有一个水泥砌的圆池子。池子里没有水，是干的。卖花的就带了一张小板凳坐在池子里，把各种鲜花摊放在池沿上卖。晚香玉、缅桂花、康乃馨，也有剑兰。池沿上摆得满满的，色彩缤纷，老远地就闻到了花香。昆明的中产之家，有买花插瓶的习惯。主妇上街买菜，菜篮里常常一头放着鱼肉蔬菜，一头斜放着一束鲜花。花菜一篮，使人感到一片盎然的生意。高教授有一天走过近日楼，看看花市，忽然心中一动。

于是他每天一清早，就从家里走到北院，走进花圃，选择几十穗半开的各色剑兰，剪下来，交给他的夫人，拿到近日楼去卖。他的剑兰花大，颜色好，价钱也不太贵，很快就卖掉了。高太太就喜吟吟地走向菜市场。来时一篮花，归时一篮菜。这样，高教授的生活就提高了不少。他家的饭桌上常见荤腥。星期六还能炖一只母鸡。云南的玉溪鸡非常肥嫩，肉细而汤清。高太太把刚到昆明时买下的，已经弃置墙角多年的汽锅也洗出来了。剑兰是多年生草本，全年开花；昆明的气候又是四季如春，不缺雨水，于是高教授家汽锅鸡的香味时常飘入教授宿舍的左邻右舍。他的两个在读中学的儿女也有了比较整齐的鞋袜。

哪位说：教授卖花，未免欠雅。先生，您可真是站着说话不腰疼！您不知道抗日战争期间，大后方的教授，穷苦到什么程度。您不知道，一位国际知名的化学专家，同时又是对社会学、人类学具有广博知识的才华横溢而性格（在有些人看来）不免古怪的教授，穿的是一双“空前绝后”的布鞋——脚趾和脚跟部位都磨通了。中文系主任，当代散文大师的大衣破得不能再穿，他就买了一件云南赶马人穿的粗毛氆氇一口钟穿在身上御寒，样子有一点像传奇影片里的侠客，只是身材略嫌矮小。原来抽箈立克、555牌香烟的教授多改成抽烟斗，抽本地出的鹿头牌的极其辛辣的烟丝。他们的3B烟斗的接口处多是破裂的、缠着白线。有些著作等身的教授，因为家累过重，无暇治学，只能到中学去兼课。有的治古字的学者在南纸店挂笔单为人治印。有的教授开书法展览会卖钱。教授夫人也多想法挣钱，贴补家用。有的制作童装，代织毛衣毛裤，有几位哈佛和耶鲁毕业的教授夫人，集资制作西点，在街头设摊出售。因此，高崇礼卖花，全校师生，皆无非议。

大家对这一片剑兰增加了一层新的看法，更加不敢碰这些花了。走过时只是远远地看看，不敢走近，更不敢停留。有的女同学想多看两眼，另一个就会说："快走，快走！高阎王在办公室里坐着呢！"没有谁会想起干这种恶作剧的事，半夜里去偷掐高教授的一穗花。真要是有人掐一穗，第二天早晨，高教授立刻就会发现。这花圃里有多少穗花，他都是有数的。

只有一个人可以走进高教授的花圃，蔡德惠。蔡德惠是生物系助教，坐办公室。生物系办公室和化学系办公室紧挨着、门对门。蔡德惠和高教授朝夕见面，关系很好。

蔡德惠是一个非常用功的学生。从小学到大学，各门功课都很好。他生活上很刻苦，联大四年，没有在外面兼过一天差。

联大学生的家大都在沦陷区。自从日本人占了越南，滇越铁路断了，昆明和平津沪杭不通邮汇，这些大学生就断绝了经济来源。教育部每月给大学生发一点生活费，叫作“贷金”。“贷金”名义上是“贷”给学生的，但是谁都知道这是永远不会归还的。这实际上是救济金，不知是哪位聪明的官员想出了这样一个新颖别致的名目，大概是觉得救济金听起来有伤大学生的尊严。“贷金”数目很少，每月十四元。货币贬值，物价飞涨，这十四元一直未动。这点“贷金”只够交伙食费，所以联大大部分学生都在外面找一个职业。半工半读，对付着过日子。五花八门，干什么的都有。有的在中学兼课，有的当家庭教师。昆明有个冠生园，是卖广东饭菜点心的。这个冠生园不知道为什么要办一个职工夜校，而且办了几年，联大不少同学都去教过那些广东名厨和糕点师傅。有的到西药房或拍卖行去当会计。上午听课，下午坐在柜台里算账，见熟同学走过，就起身招呼谈话。有的租一间门面，修理钟表。有一位坐在邮局门前为人代写家信。昆明有一个古老的习惯，每到正午时要放一炮，叫作“放午炮”。据说每天放这一炮的，也是联大的一位贵同学！这大概是哪位富于想象力的联大同学造出来的谣言。不过联大学生遍布昆明的各行各业，什么都干，却是事实。像蔡德惠这样没有兼过一天差的，极少。

联大学生兼差的收入，差不多全是吃掉了。大学生的胃口都极好，都很馋。照一个出生在南洋的女同学的说法：这些人的胃口都“像刀子一样”，见什么都想吃。也难怪这些大学生那么馋，因为大食堂的伙食实在太坏了！早晨是稀饭，一碟炒蚕豆或豆腐乳。中午和晚上都是大米干饭，米极糙，颜色紫红，中杂不少沙粒石子和耗子屎，装在一个很大的木桶里。盛饭的勺子也是木制的。因此饭粒入口，总带着很重的松木和杨木的气味。四个菜，分装在浅浅的酱色的大碗里。经常吃的是煮芸豆；还有一种不知是什么原料做成的紫灰色像是鼻涕一样的东西，叫作“魔芋豆腐”。难得有一碗炒猪血（昆明叫“旺子”），几片炒回锅肉（半生不熟，极多猪毛）。这种淡而无味的东西，怎么能满足大学生们的刀子一样的食欲呢？二十多岁的人，单靠一点淀粉和碳水化合物是活不成的，他们要高蛋白，还要适量的动物脂肪！于是联大附近的小饭馆无不生意兴隆。新校舍的围墙外面出现了很多小食摊。这些食摊上的食品真是南北并陈，风味各别。最受欢迎的是一个广东老太太卖的鸡蛋饼：鸡蛋和面，入盐，加大量葱花，于平底锅上煎熟。广东老太太很舍得放猪油，饼在锅里煎得嗞嗞地响，实在是很大的诱惑。煎得之后，两面焦黄，径可一尺，卷而食之，极可解馋。有一家做一种饼，其实也没有什么稀奇，不过就是加了一点白糖的发面饼，但是是用松毛（马尾松的针叶）烤熟的，带一点清香，故有特点。联大的女同学最爱吃这种饼。昆明人把女大学生叫作“摩登”，于是这种饼就被叫成“摩登粑粑”。这些“摩登”们常把一个粑粑切开，中夹叉烧肉四两，一边走，一边吃，丝毫不觉得有什么不文雅。有一位贵州人每天挑一副担子来卖馄饨面。他卖馄饨是一边包一边下的。有时馄饨皮包完了，他就把馄饨馅一小疙瘩一小疙瘩拨在汤里下面。有人问他：“你这叫什么面？”这位贵州老乡毫不犹豫地答曰：“桃花面！”……

蔡德惠偶尔也被人拉到米线铺里去吃一碗闷鸡米线，但这样的时候很少。他每天只是吃食堂，吃煮芸豆和“魔芋豆腐”。四年都是这样。

蔡德惠的衣服倒是一直比较干净整齐的。

联大的学生都有点像是阴沟里的鹅——顾嘴不顾身。女同学一般都还注意外表。男同学里西装革履，每天把裤子脱下来压在枕头下以保持裤线的，也有，但是不多。大多数男大学生都是不衫不履，邋里邋遢。有人裤子破了，找一根白线，把破洞处系成一个疙瘩，只要不露肉就行。蔡德惠可不是这样。

蔡德惠四五年来没有添置过什么衣服——除了鞋袜。他的衣服都还是来报考联大时从家里带来的。不过他穿得很仔细。他的衣服都是自己洗，而且换洗得很勤。联大新校舍有一个文嫂，专给大学生洗衣服。蔡德惠从来没有麻烦过她。不但是衣服，他连被窝都是自己拆洗，自己做。这在男同学里是很少有的。因此，后来一些同学在回忆起蔡德惠时，首先总是想到蔡德惠在新校舍一口很大的井边洗衣裳，见熟同学走过，就抬起头来微微一笑。他还会做针线活，会裁会剪。一件衬衫的肩头穿破了，他能拆下来，把下摆移到肩头，倒个个儿，缝好了依然是一件完整的衬衫，还能再穿几年。这样的活计，大概多数女同学也干不了。

也许是性格所决定，蔡德惠在中学时就立志学生物。他对植物学尤其感兴趣。到了大学三年级，就对植物分类学着了迷。植物分类学在许多人看来是一门很枯燥的学问，单是背那么多拉丁文的学名，就是一件叫人头疼的事。可是蔡德惠觉得乐在其中。有人问他："你干吗搞这么一门干巴巴的学问？"蔡德惠说："干巴巴的？——不，这是一门很美的科学！"他是生物系的高才生。四年级的时候，系里就决定让他留校。一毕业，他就当了助教，坐办公室。

高崇礼教授对蔡德惠很有好感。蔡德惠算是高崇礼的学生，他选读过高教授的普通化学。蔡德惠的成绩很好，高教授还记得。但是真正使高教授对蔡德惠产生较深印象，是在蔡德惠当了助教以后。蔡德惠很文静。隔着两道办公室的门，一天几乎听不到他的声音。他很少大声说话。干什么事情都是轻手轻脚的，绝不会把桌椅抽屉搞得乒乓乱响。他很勤奋。每天高教授来剪花时候（这时大部分学生都还在高卧），发现蔡德惠已经坐在窗前低头看书，做卡片。虽然在学问上隔着行，高教授无从了解蔡德惠在植物学方面的造诣，但是他相信这个年轻人是会有出息的，这是一个真正做学问的人。高教授也听生物系主任和几位生物系的教授谈起过蔡德惠，都认为他有才能，有见解，将来可望在植物分类学方面取得很高的成就。高教授对这点深信不疑。因此每天高教授和蔡德惠点头招呼，眼睛里所流露的，就不只是亲切，甚至可以说是：敬佩。

高教授破例地邀请蔡德惠去看看他的剑兰。当有人发现高阎王和蔡德惠并肩站在这一片华丽斑斓的花圃里时，不禁失声说了一句："这真是黄河清了！"蔡德惠当然很喜欢这些异国名花。他时常担一担水来，帮高教授浇浇花；用一个小薅锄松松土；用烟叶泡了水除治剑兰的腻虫。高教授很高兴。

蔡德惠简直是钉在办公室里了，他很少出去走走。他交游不广，但是并不孤僻。有时他的杭高老同学会到他的办公室里来坐坐——他是杭州人，杭高（杭州高中）毕业，说话一直带着杭州口音。他在新校舍同住一屋的外系同学，也有时来。他们来，除了说说话，附带来看蔡德惠采集的稀有植物标本。蔡德惠每年暑假都要到滇西、滇南去采集标本。像木蝴蝶那样的植物种子，是很好玩的。一片一片，薄薄的，完全像一个蝴蝶，而且一个荚子里密密的挤了那么多。看看这种种子，你会觉得：大自然真是神奇！有人问他要两片木蝴蝶夹在书里当书签，他会欣然奉送。这东西滇西多得是，并不难得。

在蔡德惠那里坐了一会儿的同学，出门时总要看一眼门外朝南院墙上的一个奇怪东西。这是一个日规。蔡德惠自己做的。所谓“做”，其实很简单，找一点石灰，跟瓦匠师傅借一个抿子，在墙上抹出一个规整的长方形，长方形的正中，垂直着钉进一根竹筷子——院墙是土墙，是很容易钉进去的。筷子的影子落在雪白的石灰块上，随着太阳的移动而移动。这是蔡德惠的钟表。蔡德惠原来是有一只怀表的，后来坏了，他就一直没有再买——也买不起。他只要看看筷子的影子，就知道现在是几点几分，不会差错。蔡德惠做了这样一个古朴的日规，一半是为了看时间，一半也是为了好玩，增加一点生活上的情趣。至于这是不是也表示了一种意思：寸阴必惜，那就不知道了。大概没有。蔡德惠不是那种把自己的决心公开表现给人看的人。不过凡熟悉蔡德惠的人，总不免引起一点感想，觉得这个现代古物和一个心如古井的青年学者，倒是十分相称的。人们在想起蔡德惠时，总会很自然地想起这个日规。

蔡德惠病了。不久，死了。死于肺结核。他的身体原来就比较孱弱。

生物系的教授和同学都非常惋惜。

高崇礼教授听说蔡德惠死了，心里很难受。这天是星期六。吃晚饭了，高教授一点胃口都没有。高太太把汽锅鸡端上桌，汽锅盖噗噗地响，汽锅鸡里加了宣威火腿，喷香！高崇礼忽然想起：蔡德惠要是每天喝一碗鸡汤，他也许不会死！这一天晚上的汽锅鸡他一块也没有吃。

蔡德惠死了，生物系暂时还没有新的助教追补上来，生物系主任难得到系里来看看，生物系办公室的门窗常常关锁着。

蔡德惠手制的日规上的竹筷的影子每天仍旧在慢慢地移动着。

一九八四年六月五日初稿，六月七日重写

王　全

马号今天晚上开会。原来会的主要内容是批评王升，但是临时不得不改变一下，因为王全把王升打了。

我到这个农业科学研究所没有几天，就听说了王全这个名字。业余剧团的小张写了一个快板，叫作《果园奇事》，说的是所里单株培育的各种瓜果“大王”，说道有一颗大牛心葡萄掉在路边，一个眼睛不好的工人走过，以为是一只马的眼珠子掉下来了，大惊小怪起来。他把这个快板拿给我看。我说最好能写一个具体的人，眼睛当真不好的，这样会更有效果。大家一起哄叫起来：“有！有！瞎王全！他又是饲养员，跟马搭得上的！”我说这得问问他本人，别到时候上台数起来，惹得本人不高兴。正说着，有一个很粗的，好像吵架似的声音在后面叫起来：

“没意见！”

原来他就是王全。听别人介绍，他叫王全，又叫瞎王全，又叫偢六。叫他什么都行，他都答应的。

他并不瞎。只是有非常严重的沙眼，已经到了睫毛内倒的地步。他身上经常带着把镊子，见谁都叫人给他拔眼睫毛。这自然也会影响视力的。他的眼睛整天眯缝着，成了一条线。这已经有好些年了。因此落下一个瞎王全的名字。

这地方管缺个心眼叫“偢”，读作“俏”。王全行六，据说有点缺心眼，故名“偢六”。说是，你到他的家乡去，打听王全，也许有人不知道，若说是偢六，就谁都知道的。

这话不假。我就听他自己向新来的刘所长介绍过自己：

“我从小当长工。挑水，垫圈，烧火，扫院。长大了还是当长工。十三吊大钱，五石小米！解放军打下姑姑洼，是我带的路。解放军还没站稳脚，成立了区政府，我当通讯员：区长在家，我去站岗；区长下乡，我就是区长。就咱俩人。我不识字，还是当我的长工。我这会儿不给地主当长工，我是所里的长工。李所长说我是国家的长工。我说不来话。你到姑姑洼去打听，一问锹六，他们都知道！”

这人很有意思。在农闲排戏的时候，每天晚上他都跑到业余剧团来。有时也帮忙抬桌子，挂幕布，大半时间都没事，就定定地守着看，嗬嗬地笑，而且不管妨碍不妨碍排戏，还要一个人大声地议论。那议论大都非常简短：“有劲！”“不差！”最常用的是含义极其丰富的两个字：“看看！”

最妙的是，我在台上演戏，正在非常焦灼，激动，全场的空气也都很紧张，他在台下叫我：“老汪，给我个火！”（我手里捏着一支烟。）我只好作势暗示他“不行！”不料他竟然把他的手伸上来了。他就坐在第一排——他看戏向来是第一排，因为他来得最早。所谓第一排，就是台口。我的地位就在台角，所以咱俩离得非常近。他一面嘴里还要说：“给我点个火嘛！”真要命！我只好小声地说：“嗐！”他这才明白过来，又独自嗬嗬地笑起来。

王全是个老光棍，已经四十六岁了，有许多地方还跟个孩子似的。也许因为如此，大家说他锹。

不知道究竟为什么，他不当饲养员了。这人是很固执的，说不当就不当，而且也不说理由。他跑到生产队去，说：“哎！我不喂牲口了，给我个单套车，我赶车呀！”马号的组长跟他说，没用；生产队长跟他说，也没用。队长去找所长，所长说：“大概是有情绪，一时是说不通的。有这样的人。先换一个人吧！”于是就如他所愿，让他去赶车，把原来在大田劳动的王升调进马号喂马。

这样我们有时就搭了伙计。我参加劳动，有时去跟车，常常跟他的车。他嘴上是不留情的。我上车，敛土，装粪，他老是回过头来眯着眼睛看我。有时索性就停下他的铁锹，拄着，把下巴搁在锹把上，歪着头，看。还非常压抑和气愤地从胸膛里发出声音：“嗯！”忽然又变得非常温和起来，很耐心地教我怎么使家伙。“敛土嘛，左手胳膊肘子要靠住胳膝，胳膝往里一顶，借着这个劲，胳膊就起来了。哎！哎！对了！这样多省劲！是省劲不是？像你那么似的，架空着，单凭胳膊那点劲，我问你：你有多少劲？一天下来，不把你累乏了？真笨！你就是会演戏！要不是因为你会演戏呀，嗯！——”慢慢地，我干活有点像那么一回事了，他又言过其实地夸奖起我来：“不赖！不赖！像不像，三分样！你能服苦，能咬牙。不光是会演戏了，能文能武！你是个好样儿的！毛主席的办法就是高——叫你们下来锻炼！”于是叫我休息，他一个人干。“我多上十多锹，就有了你的了！当真指着你来干活哪！”这是不错的。他的铁锹是全所闻名的，特别大，原来铲煤用的洋锹，而且是个大号的，他拿来上车了。一锹能顶我四锹。他叫它“跃进锹”。他那车也有点特别。这地方的大车，底板有四块是活的，前两块，后两块。装粪装沙，到了地，铲去一些，把这四块板一抽，就由这里往下拨拉。他把他的车底板全部拆成活的，到了地，一抽，哗啦——整个就漏下去了。这也有了名儿，叫“跃进车”。靠了他的跃进车和跃进锹，每天我们比别人都能多拉两趟。因此，他就觉得有权力叫我休息。我不肯。他说：“嗐！这人！叫你休息就休息！怕人家看见，说你？你们啊，老是怕人说你！不怕得！该咋的就是咋的！”他这个批评实在相当尖刻，我就只好听他。在一旁坐下来，等他三下五除二把车装满，下了，随他一路唱着：“老王全在大街扬鞭走马！”回去。

他的车来了，老远就听见！不是听见车，是听见他嚷。他不大使唤鞭子，除非上到高坡顶上，马实在需要抽一下，才上得去，他是不打马的。不使鞭子，于是就老嚷：

“喔喝！喔喝！咦喔喝！”

还要不停地跟马说话，他说是马都懂的。絮絮叨叨，没完没了。本来是一些只能小声说的话，他可是都是放足了嗓子喊出来的。——这人不会小声说话。这当中照例插进许多短短的亲热的野话。

有一回，从积肥坑里往上拉绿肥。他又高了兴，跃进锨多来了几锨，上坑的坡又是宣的，马怎么也拉不上去。他拼命地嚷：

“喔喝！喔喝！咦喔喝！”

他生气了，拿起鞭子。可忽然又跳在一边，非常有趣地端详起他那匹马来，说：

“笑了！咦！笑了！笑啥来？”

这可叫我忍不住扑哧笑了。马哪里是笑哩！它是叫嚼子拽的在那里咧嘴哩！这么着“笑”了三次，到了也没上得去。最后只得把装到车上去的绿肥，又挖出一小半来，他在前头领着，我在后面扛着，才算上来了。

他这匹马，实在不怎么样！他们都叫它青马，可实在是灰不灰白不白的。他说原来是青的，可好看着哪！后来就变了。灰白的马，再搭上红红的眼皮和嘴唇，总叫我想起吉诃德先生，虽然我也不知道吉诃德先生的马到底是什么样子的。他说这是一匹好马，干活虽不是太顶事，可是每年准下一个驹。

“你想想，每年一个！一个骡子一万二，一个马，八千！它比你和我给国家挣的钱都多！”

他说它所以上不了坡，是因为又“有”了。于是走一截，他就要停下来，看看马肚子。用手摸，用耳朵贴上去听。他叫我也用手放在马的后胯上部，摸——我说要摸也是摸肚子底下，马怀驹子怎么会怀到大腿上头来呢？他大笑起来，说：“你真是外行！外行！”好吧，我就摸。

“怎么样？”

“热的。”

“见你的鬼！还能是凉的吗？凉的不是死啦！叫你摸——小驹子在里面动哪！动不动？动不动？”

我只好说：“——动。”

后来的确连看也看出小驹子在动了，他说得不错。可是他最初让我摸的时候，我实在不能断定到底摸出动来没有；并且连他是不是摸出来了，我也怀疑。

我问过他为什么不当饲养员了，他不说，说了些别的话，片片段段的，当中又似乎不大连得起来。

他说马号组的组长不好。旗杆再高，还得有两块石头夹着；一个人再能，当不了四堵墙。

可是另一时候，我又听他说过组长很好，使牲口是数得着的，这一带地方也找不出来。又会修车，小小不言的毛病，就不用拿出去，省了多少钱！又说他很辛苦，晚上还老加班，还会修电灯，修水泵……

他说，每回评先进工作者，红旗手，光凭嘴，净评会说的，评那会儿做在人面前的。他就是看不惯这号人！

他说，喂牲口是件操心事情。要熬眼。马无夜草不肥。要把草把料——勤倒勤添，一把草一把料地喂。搁上一把草，撒上一层料，有菜有饭的，它吃着香。你要是不管它，哗啦一倒，它就先尽料吃，完了再吃草，就不想了！牲口嘛！跟孩子似的，它懂个屁事！得一点一点添。这样它吃完了还想吃，吃完了还想吃。跟你似的，给你三大碗饭，十二个馒头，都堆在你面前！还是得吃了一碗再添一碗。马这东西也刁得很。也难怪。少搁，草总是脆的，一嚼，就酥了。你要是搁多了，它的鼻子喷气，把草疙节都弄得蔫筋了，它嚼不动。就像是脆锅巴，你一咬就酥了；要是蔫了，你咬得动吗——咬得你牙疼！嚼不动，它就不吃！一黑夜你就老得守着侍候它，甭打算睡一点觉。

说，咱们农科所的牲口，走出去，不管是哪里，人们都得说：“还是人家农科所的牲口！”毛色发亮，屁股蛋蛋都是圆的。你当这是简单的事哩！

他说得最激动的是关于黑豆，他说得这东西简直像是具有神奇的效力似的。说是什么东西也没有黑豆好。三斗黄豆也抵不上一斗黑豆。不管什么乏牲口，拿上黑豆一催，一成黑豆，三成高粱，包管就能吃起来。可是就是没有黑豆。

“每年我都说，俺们种些黑豆，种些黑豆。——不顶！”

我说：“你提意见嘛！”

“提意见？哪里我没有提过个意见？——不顶！马号的组长！生产队！大田组！都提了——不顶！提意见？提意见还不是个白！”

“你是怎么提意见的？一定是也不管时候，也不管地方，提得也不像是个意见。也不管人家是不是在开会，在算账，在商量别的事，只要你猛然想起来了，推门就进去：‘哎！俺们种点黑豆啊！’没头没脑，说这么一句，抹头就走！”

“咦！咋的？你看见啦？”

“我没看见，可想得出来。”

他笑了。说他就是不知道提意见还有个什么方法。他说，其实，黑豆牲口吃了好，他们都知道，生产队，大田组，他们谁没有养活过个牲口？可是他们要算账。黄豆比黑豆价钱高，收入大。他很不同意他们这种算账法。

“我问你，是种了黄豆，多收入个几百元——嗯，你就说是多收入千数元，上算？还是种了黑豆，牲口吃上长膘、长劲，上算？一个骡子一万二！一个马八千！我就是算不来这种账！嗯！哼，我可知道，增加了收入，这笔账算在他们组上；喂胖了牲口，算不到他们头上！就是这个鬼心眼！我俫，这个我可比谁都明白！”

他越说越气愤，简直像要打人的样子。是不是他当不了饲养员，主要的原因就是不种黑豆？看他那认真、执着的神情，好像就是的。我对于黄豆、黑豆，实在一无所知，插不上嘴，只好说：“你要是真有意见，可以去跟刘所长提。”

“他会管吗？这么芝麻大的事？”

“我想会。”

过了一些时，他真的去跟刘所长去提意见了。这可真是一个十分新鲜、奇特、出人意表的意见。不是关于黄豆、黑豆的，要大得多。那天我正在刘所长那里。他一推门，进来了：

“所长，我提个意见。”

“好啊，什么意见呢？”

“我给你找几个人，把你所里这点地包了！三年，我包你再买这样一片地。说的！过去地主手里要是有这点地，几年工夫就能再滚出来一片。咱们今天不是给地主做活，大伙全泼上命！俺们为什么还老是赔钱，要国家十万八万地往里贴？不服这口气。你叫他们别搞什么试验研究了，赔钱就赔在试验研究上！不顶！俺们祖祖辈辈种地，也没听说过什么试验研究。没听说过，种下去庄稼，过些时候，拔起来看看，过些时拔起来看看。可倒好，到收割的时候倒省事，地里全都光了！没听说过，还给谷子盖一座小房！你就是试验成了，谁家能像你这么种地啊？嗯！都跑到谷地里盖上小房？瞎掰嘛！你要真能研究，你给咱家所里多挣两个，嗯！不要国家贴钱！嗯！我就不信技师啦，又是技术员啦，能弄出个什么名堂来！上一次我看见咱们邵技师锄地啦，哈哈，老人家倒退着锄！就凭这，一个月拿一百多，小二百？赔钱就赔在他们身上！正经！你把地包给我，莫让他们胡糟践！就这个意见，没啦！”

刘所长尽他说完，一面听，一面笑，一直到“没啦”，才说：

“你这个意见我不能接受。我这个所里不要买地。——你上哪儿去给我买去啊？咱们这个所叫什么？——叫农业科学研究所。国家是拿定主意要往里赔钱的——如果能少赔一点，自然很好。咱们的任务不是挣钱。倒退着锄地，自然不大好。不过你不要光看人家这一点，人家还是有学问的。把庄稼拔起来看，给谷子盖房子，这些道理一下子跟你说不清。农业研究，没有十年八年，是见不出效果的。但是要是有一项试验成功了，值的钱就多啦，你算都算不过来。我问你，咱们那一号谷比你们原来的小白苗是不是要打得多？”

“敢是！”

“八个县原来都种小白苗，现在都改种了一号谷，你算算，每年能多收多少粮食？这值到多少钱？咱们要是不赔钱呢，就挣不出这个钱来。当然，道理还不只是赔钱、挣钱。我要到前头开会去，就是讨论你说的拔起庄稼来看，给谷子盖小房这些事。你是个好人，是个‘忠臣’，你提意见是好心。可是意见不对。我不能听你的。你回去想想吧。王全，你也该学习学习啦。听说你是咱们所里的老文盲了。去年李所长叫你去上业余文化班，你跟他说：‘我给你去拉一车粪吧！’是不是？

叫你去上课，你宁愿套车去拉一车粪！今年冬天不许再溜号啦，从‘一’字学起，从‘王全’两个字学起！”

刘所长走了，他指指他的背影，说：

“看看！”

一缩脑袋，跑了。

这是春天的事。这以后我调到果园去劳动，果园不在所部，和王全见面说话的机会就不多了。知道他一直还是在赶单套车，因为他来果园送过几回粪。等到冬天，我从果园回来，看见王全眼睛上蒙着白纱布，由那个顶替他原来职务的王升领着。我问他是怎么了，原来他到医院开刀了。他的沙眼已经非常严重，是刘所长逼着他去的，说公家不怕花这几个钱，救他的眼睛要紧。手术很成功。现在每天去换药。因为王升喂马是夜班，白天没事，他俩都住在马号，所以每天由王升领着他去。

过了两天，纱布拆除了，王全有了一双能够睁得大大的眼睛！可是很奇怪，他见了人就抿着个大嘴笑，好像为了眼睛能够睁开而怪不好意思似的。他整个脸也似乎清亮多了，简直是年轻了。王全一定照过镜子，很为自己的面容改变而惊奇，所以觉得不好意思。不等人问，他就先回答了：

“敢是，可爽快多了，啥都看得见！这是一双眼睛了。”

他又说他这眼不是大夫给他治的，是刘所长给他治的，共产党给他治的。逢人就说。

拆了纱布，他眼球还有点发浑，刘所长叫他再休息两天，暂时不要出车。就在这两天里，发生了这么一场事，他把王升打了。

王升到所里还不到三年。这人是个“老闷”，平常一句话也不说。他也没个朋友，也没有亲近一点人。虽然和大家住在一个宿舍里，却跟谁也不来往。工人们有时在一起喝喝酒，没有他的事。大家在一起聊天，他也不说，也不听，就是在一边坐着。他也有他的事，下了班也不闲着。一件事是鼓捣吃的。他食量奇大，一顿饭能吃三斤干面。而且不论什么时候，吃过了还能再吃。甜菜、胡萝卜、蔓菁疙瘩、西葫芦，什么都弄来吃。这些东西当然来路都不大正大。另一件事是整理他的包袱。他床头有个大包袱。他每天必要把它打开，一件一件地反复看过，折好——这得用两个钟头，因此他每天晚上一点都不空得慌。整理完了，包扎好，挂起来，老是看着它，一直到一闭眼睛，立刻睡着。他真能置东西！全所没一个能比得上。别人给他算得出来，他买了几床盖窝，一块什么样的毛毯，一块什么线毯，一块多大的雨布……他这包袱逐渐增大。大到一定程度，他就请假回家一次。然后带了一张空包袱皮来，再从头攒起。他最近做了件叫全所干部工人都非常吃惊的事：一次买进了两件老羊皮袄，一件八十，另一件一百七！当然，那天立刻就请了假，甚至没等到二十八号。

二十八号，这有个故事。这个所里是工资制，双周休息，每两周是一个“大礼拜”。但是不少工人不愿意休息，有时农忙，也不能休息。大礼拜不休息，除了工资照发外，另加一天工资，习惯叫作“双工资”。但如果这一个月请假超过两天，即大礼拜上班，双工资也不发。一般工人一年难得回家一两次，一来一去，总得四五天，回去了就准备不要这双工资了。大家逐渐发现，觉得非常奇怪：王升常常请假，一去就是四天，可是他一次也没扣过双工资。有人再三问他，他嘻嘻地笑着，说，“你们别去告诉领导，我就告诉你。”原来：他每次请假都在二十八号（若是大尽就是二十九）！这样，四天头里，两天算在上月，两天算在下月，哪个月也扣不着他的双工资。这事当然就传开了。凡听到的，没有个不摇头叹息：你说他一句话不说，他可有这个心眼！——全所也没有比他更精的了！

他吃得多，有一把子傻力气，庄稼活也是都拿得起的。要是看着他，他干活不比别人少多少。可是你哪能老看着他呢？他待过几个组，哪组也不要他。他在过试验组。有一天试验组的组长跟他说，叫他去锄锄山药秋播留种的地——那块地不大，一个人就够了。晌午组长去检查工作，发现他在路边坐着，问他，他说他找不到那块地！组长气得七窍生烟，直接跑到所长那里，说："国家拿了那么多粮食，养活这号后生！在我组里干了半年活，连哪块地在哪里他都不知道！吃粮不管闲事，要他做啥哩！叫他走！"他在稻田组待过。插秧的时候，近晌午，快收工了，组长一看进度，都差不多。他那一畦，也快到头了，就说钢厂一拉汽笛，就都上来吧。过了一会儿，拉汽笛了，他见别人上了，也立刻就上来到河边去洗了腿。过了两天，组长去一看，他那一畦齐刷刷地缺了八仙桌那么大一块！稻田组长气得直哼哼。"请吧，你老！"谁也不要，大田组长说："给我！"这大田组长出名得手快，他在地里干活，就是庄户人走过，都要停下脚来看一会儿的。真是风一样的！他就老让王升跟他一块干活。王升也真有两下子，不论是锄地、撒粪……拉不下多远。

一晃，也多半年了，大田组长说这后生不赖。大家对他印象也有点改变。这回王全不愿喂牲口了，不知怎么就想到他了。想是因为他是老闷，不需要跟人说话，白天睡觉，夜里整夜守着哑巴牲口，有这个耐性。

初时也好。慢慢地，车倌就有了意见，因为牲口都瘦了。他们发现他白天搞吃的，夜里老睡觉。喂牲口根本谈不上把草把料，大碗儿端！最近，甚至在马槽里发现了一根钉子！于是，生产队决定，去马号开一个会，批评批评他。

这钉子是在青马的槽里发现的！是王全发现的。王全的眼睛整天蒙着，但是半夜里他还要瞎戳戳地摸到马圈里去，伸手到槽里摸，把蔫筋的草节拨出去。摸着摸着，他摸到一根冰凉铁硬的——放在嘴里，拿牙咬咬：是根钉子！这王全浑身冒火了，但是，居然很快就心平气和下来。——人家每天领着他上医院，这不能不起点作用。他拿了这根钉子，摸着去找到生产队长，说是无论如何得“批批”他，这不是玩的！往后筛草、打料一定要过细一点。

前天早上反映的情况，连着两天所里有事，决定今天晚上开会。不料，今天上午，王全把王升打了，打得相当重。

原来王全发现，王升偷马料！他早就有点疑心，没敢肯定。这一阵他眼睛开刀，老在马号里待着，仿佛听到一点动响。不过也还不能肯定。这两天他的纱布拆除了，他整天不出去，原来他随时都在盯着王升哩。果然，昨天夜里，他看见王升在门背后端了一大碗煮熟的料豆在吃！他居然沉住了气，没有发作。因为他想：单是吃，问题还不太大。今天早上，他趁王升出去弄甜菜的时候，把王升的枕头拆开：——里面不是塞的糠皮稻草，是料豆！一不做二不休，翻开他那包袱，里边还有一个枕头，也是一枕头的料豆。——本来他带了两个特大的枕头，却只枕一个；每回回去又都把枕头带回去，这就奇怪。“嗯！”王全把他的外衣脱了，等着。王升从外面回来，一看包袱里东西摊得一床，枕头拆开了；再一看王全那神情，连忙回头就跑。王全一步追上，大拳头没头没脑地砸下来，打得王升孩子似的哭，爹呀妈的乱叫，一直到别人闻声赶来，剪住王全的两手，才算住。——王升还没命地嚎哭了半天。

这样，今天的会的内容不得不变一下，至少得增加一点。

但是改变得也不多。这次会是一个扩大的会，除了马号全体参加外，还有曾经领导过王升的各个组的组长，和跟他在一起干过活的老工人。大家批评了王升，也说了王全。重点还是在王升，说到王全，大都是带上一句——“不过打人总是不对的，有什么情况，什么意见，应当向领导反映，由领导来处理。”有的说：“牛不知力大，你要是把他打坏了怎办？”也有人联系到年初王全坚决不愿喂马，这就不对！关于王升，可就说起来没完了。他撒下一大块秧来就走这一类的事原来多着哩，每个人一说就是小半点钟！因此这个会一直开到深夜。最后让王升说说。王升还是那样，一句话没有，“说不上来”。再三催促，还是“说不上来”。大家有点急了，问他：“你偷料豆，对不对？”——“不对。”“马草里混进了钉子，对不对？”——“不对。”……看来实在挤不出什么话来了，天又实在太晚，明天还要上班，只好让王全先说说。

“嗯！我打了他，不对！嗯！解放军不兴打人，打人是国民党。嗯！你偷吃料豆，还要往家里拿！你克扣牲口。它是哑巴，不会说话，它要是会说话，要告你！你剥削它，你是资本家！是地主！你！你故意拿钉子往马槽里放，你安心要害所里的牲口，国家的牲口！×你娘的！你看看，你把俩牲口喂成啥样了？”

说着，一把揪住王升，大家赶紧上来拉住，解开，才没有又打起来。这个会暂时只好就这样开到这里了。

过了两天，我又在刘所长那里碰见他。还是那样，一推门，进来了，没头没脑：

“所长，我提个意见。”

“好啊。”

“你是个好人！是个庄户佬出身！赶过个车，养活过个牲口！你是好人！是个共产党！你如今又领导这些技师啦技术员的，他们都服你——”

看见有我在座，又回过头来跟我说：

“看看！”

这是怎么一回事呢？原来所里在拟定明年的种植计划，让大家都来讨论，这里边有一条，是旱地一号地六十亩全部复种黑豆！

一边说着，一边把他的衣兜往桌上一掀，倒得一桌子都是花生。非常腼腆地说：

“我侄儿子给我捎来五斤花生。”

说完了抹头就走。

刘所长叫住他：

“别走。你把人家打了，怎么办呢？”

“我去喂牲口呀。”

“好。把你的花生拿去——我不‘剥削’你，人家是给你送来的！”

王全赶紧拉开门就跑，头都不回，生怕刘所长会追上来似的。——后来，这花生还是刘所长叫他的孩子给他送回去了。

过了一个多月，所里的冬季文化学习班办起来，王全来报了名，是刘所长亲自送他来上学的。我有幸当了他的启蒙老师。可是我要说老实话，这个学生真不好教，真也难怪他宁可套车去拉一车粪。他又不肯照着课本学，一定先要教会他学会四个字。他用铅笔写了无数遍，终于有了把握了，就把我写对子用的大抓笔借去，在马圈粉墙上写下四个斗大的黑字：

“王全喂马”。

字的笔画虽然很幼稚，但是写得工工整整，一笔不苟。谁都可以看出来，这四个字包含很多意思，这是一个人一辈子的誓约。

王全喂了牲口，生产队就热闹了。三天两头就见他进去：

“人家孩子回来，也不吃，也不喝，就是卧着，这是使狠了，累乏了！告他们，不能这样！”

“人家孩子快下了，别叫它驾辕了！”

“人家孩子”怎样怎样了……

我在这个地方待了一些时候了，知道这是这一带的口头语，管小猫小狗、小鸡小鸭，甚至是小板凳，都叫作“孩子”。但是这无论如何是一种爱称。尤其是王全说起来，有一种特殊的味道。那么高大粗壮的汉子，说起牲口来，却是那么温柔。

我离开这个农业科学研究所已经好几个月了，王全一直在喂马。现在，在我写这篇文章的时候，他就正在喂着马。夜已经很深了。这会儿，全所的灯都一定已经陆续关去，连照例关得最晚的刘所长和邵技师的屋里的灯也都关了。只有两处的灯还是亮着的。一处是大门外植保研究室的诱捕灯，这是通夜不灭的，现在正有各种虫蛾围绕着飞舞。一处是马圈。灯光照见槽头一个一个马的脑袋。它们正在安静地、严肃地咀嚼着草料。时不时地，喷一个响鼻，摇摇耳朵，顿一顿蹄子。偢六——王全，正在夹着料笸箩，弯着腰，无声地忙碌着，或者停下来，用满怀慈爱的、喜悦的眼色，看看这些贵重的牲口。

王全的胸前佩着一枚小小的红旗，这是新选的红旗手的标志。

“看看！”

云致秋行状

云致秋是个乐天派，凡事看得开，生死荣辱都不太往心里去，要不他活不到他那个岁数。

我认识致秋时，他差不多已经死过一次。肺病。很严重了。医院通知了剧团，剧团的办公室主任上他家给他送了一百块钱。云致秋明白啦：这是让我想叫点什么吃点什么呀！——吃！涮牛肉，一天涮二斤。那阵牛肉便宜，也好买。卖牛肉的和致秋是老街坊，“发孩”，又是个戏迷，致秋常给他找票看戏。他知道致秋得的这个病，就每天给他留二斤嫩的，切得跟纸片儿似的，拿荷叶包着，等着致秋来拿。致秋把一百块钱牛肉涮完了，上医院一检查，你猜怎么着：好啦！大夫直纳闷：

这是怎么回事呢？致秋说："我的火炉子好！"他说的"火炉子"指的是消化器官。当然他的病也不完全是涮牛肉涮好了的，组织上还让他上小汤山疗养了一阵。致秋说："还是共产党好啊！要不，就凭我，一个唱戏的，上小汤山，疗养——姥姥！"肺病是好了，但是肺活量小了。他说："我这肺里好些地方都是死膛儿，存不了多少气！"上一趟四楼，到了二楼，他总得停下来，摆摆手，意思是告诉和他一起走的人先走，他缓一缓，一会儿就来。就是这样，他还照样到楼梓庄参加劳动，到番字牌搞四清，上井冈山去体验生活，什么也没有落下。

除了肺不好，他还有个"犯肝阳"的毛病。"肝阳"一上来，两眼一黑，什么都看不见了。他从口袋里摸出一个干辣椒（他口袋里随时都带几个干辣椒）放到嘴里嚼嚼，闭闭眼，一会儿就好了。他说他平时不吃辣，"肝阳"一犯，多辣的辣椒嚼起来也不辣。这病我没听说过，不知是一种什么怪病。说来就来，一会儿又没事了。原来在起草一个什么材料，戴上花镜接茬儿下笔千言离题万里地写下去；原来在给人拉胡琴说戏，把合上的弓子抽开，定定弦，接茬儿说；原来在聊天，接茬儿往下聊。海聊穷逗，谈笑风生，一点不像刚刚犯过病。

致秋家贫，少孤。他家原先开一个小杂货铺，不是唱戏的，是外行。——梨园行把本行以外的人和人家都称为“外行”。“外行”就是不是唱戏的，并无褒贬之意。谁家说了一门亲事，俩老太太遇见了，聊起来。一个问：“姑娘家里是干什么的？”另一个回答是干吗干吗的，完了还得找补一句：“是外行。”为什么要找补一句呢？因为梨园行的嫁娶，大都在本行之内选择。门当户对，知根知底。因此剧团的演员大都沾点亲，“论”得上，“私底下”都按亲戚辈分称呼。这自然会影响到剧团内部人跟人的关系。剧团领导曾召开大会反过这种习气，但是到了还是没有改过来。

致秋上过学，读到初中，还在青年会学了两年英文。他文笔通顺，字也写得很清秀，而且写得很快。照戏班里的说法是写得很“溜”。他有一桩本事，听报告的时候能把报告人讲的话一字不落地记下来。他曾在邮局当过一年练习生，后来才改了学戏。因此他和一般出身于梨园世家的演员有些不同，有点“书卷气”。

原先在致兴成科班。致兴成散了，他拜了于连萱。于先生原先也是“好角”，后来塌了中[1]，就不再登台，

① 中年嗓子失音，谓之“塌中”。

在家教戏为生。

那阵拜师学戏，有三种。一种是按月致送束脩的。先生按时到学生家去，或隔日一次，或一个月去个十来次。一种本来已经坐了科，能唱了，拜师是图个名，借先生一点“仙气”，到哪儿搭班，一说是谁谁谁的徒弟，“那没错！”台上台下都有个照应。这就说不上固定报酬了，只是三节两寿——五月节，八月节，年下，师父、师娘生日，送一笔礼。另一种，是“写”给先生的。拜师时立了字据。教戏期间，分文不取。学成之后，给先生效几年力。搭了班，唱戏了，头天晚上开了戏份——那阵都是当天开份，戏没有打住，后台管事都把各人的戏份封好了，第二天，原封交给先生。先生留下若干，剩下的给学生。也有的时候，班里为了照顾学生，会单开一个“小份”，另外封一封，这就不必交先生了。先生教这样的学生，是实授的，真教给东西。这种学生叫作“把手”的徒弟。师徒之间，情义很深。学生在先生家早晚出入，如一家人。

云致秋很聪明，模仿能力很强，他又有文化，能抄本子，这比口传心授自然学得快得多，于先生很喜欢他。没学几年，就搭班了。他是学“二旦”的，但是他能唱青衣——一般二旦都只会花旦戏，而且文的武的都能来,《得意缘》的郎霞玉,《银空山》的代战公主，都行。《四郎探母》，他的太后。——那阵班里派戏，都有规矩。比如《探母》，班里的旦角，除了铁镜公主，下来便是萧太后，再下来是四夫人，再下来才是八姐、九妹。谁来什么，都有一定。所开戏份，自有差别。致秋唱了几年戏，不管搭什么班，只要唱《探母》，太后都是他的。

致秋有一条好嗓子。据说年轻时扮相不错——我有点怀疑。他是一副窄长脸，眼睛不大，鼻子挺长，鼻子尖还有点翘。我认识他时，他已经是干部，除了主演特忙或领导上安排布置，他不再粉墨登场了。我一共看过他两出戏:《得意缘》和《探母》。他那很多地方是死膛肺里的氧气实在不够使，我看他扮着郎霞玉，拿着大枪在台上一通折腾，不停地呼哧呼哧喘气，真够他一呛！不过他还是把一出《得意缘》唱下来了。《探母》那回是“大合作”，在京的有名的须生、青衣都参加了，在中山公园音乐堂。那么多的“好角”，可是他的萧太后还真能压得住，一出场就来个碰头好。观众也有点起哄。一来，他确实有个太后的气派，“身上”，穿着花盆底那两步走，都是样儿；再则，他那扮相实在太绝了。京剧演员扮戏，早就改了用油彩。梅兰芳、程砚秋、尚小云，后来都是用油彩。他可还是用粉彩，鹅蛋粉、胭脂，眉毛描得笔直，樱桃小口一点红，活脱是一幅“同光十三绝”，俨然陈德霖再世。

云致秋到底为什么要用粉彩化妆，这是出于一种什么心理，我一直没有捉摸透。问他，他说：“粉彩好看！油彩哪有粉彩精神呀！”这是真话吗？这是标新（旧）立异？玩世不恭？都不太像。致秋说：“粉彩怎么啦，公安局管吗？”公安局不管，领导上不提意见，就许他用粉彩扮戏。致秋是个凡事从众随俗的人，有的时候，在无害于人，无损于事的情况下，也应该容许他发一点小小的狂。这会使他得到一点快乐，一点满足：“这就是我——云致秋！”

致秋有个习惯，说着说着话，会忽然把眉毛、眼睛、鼻子“纵”在一起，嘴唇紧闭；然后又用力把嘴张开，把眼睛鼻子挣回原处。这是用粉彩落下的毛病。小时在科班里，化妆，哪儿给你准备蜜呀，用一大块冰糖，拿开水一沏，师父给你抹一脸冰糖水，就往上扑粉。冰糖水干了，脸上绷得难受，老想活动活动肌肉，好松快些，久而久之，成了习惯，几十年也改不了。看惯了，不觉得。生人见面，一定很奇怪。我曾跟致秋说过：“你当不了外交部长！——接见外宾，正说着世界大事，你来这么一下，那怎么行？”致秋说：“对对对，我当不了外交部长！——我会当外交部长吗？”

致秋一辈子走南闯北，跑了不少码头，搭过不少班，“傍”过不少名角。他给金少山、叶盛章、唐韵笙都挎过刀[1]。他会的戏多，见过的也多，记性又好，甭管是谁家的私房秘本，什么四大名旦，哪叫麒派、马派，什么戏缺人，他都来顶一角，而且不用对戏，拿起来就唱。他很有戏德，在台上保管能把主角傍得严严实实，不洒汤，不漏水，叫你唱得舒舒服服。该你得好的地方，他事前给你垫足了，主角略微一使劲，“好儿”就下来了；主角今天嗓音有点失润，他也能想法帮你“遮”过去，不特别“卯上”，存心“啃”你一下。临时有个演员，或是病了，或是家里出了点事，上不去，戏都开了，后台管事急得乱转：“云老板，您来一个！”“救场如救火”，甭管什么大小角色，致秋二话不说，包上头就扮戏。他好说话。后台嘱咐“马前”，他就可以掐掉几句；“马后”，他能在台上多“绷”一会儿。有一次唱《桑园会》，老生误了场，他的罗敷，愣在台上多唱出四句大慢板！——临时现编词儿。一

① 当主要配角，叫作“挎刀”。

边唱，一边想，唱了上句，想下句。打鼓佬和拉胡琴的直纳闷：他怎还唱呀！下来了，问他："您这是哪一派？"——"云派！"他聪明，脑子快，能"钻锅"，没唱过的戏，说说，就上去了，还保管不会出错。他台下人缘也好。从来不"拿糖""吊腰子"。为了戏份、包银不合适，临时把戏"砍"下啦，这种事他从来没干过。戏班里的事，也挺复杂，三叔二大爷，师兄，师弟，你厚啦，我薄啦，你鼓啦，我瘪啦，仨一群，俩一伙，你踩和我，我挤对你，又合啦，又"咧"啦……经常闹纠纷。常言说："宁带千军，不带一班。"这种事，致秋从来不往里掺和。戏班里流传两句"名贤集"式的处世格言，一是"小心干活，大胆拿钱"，一是"不多说，不少道"，致秋是身体力行的。他爱说，但都是海聊穷逗，从不钩心斗角，搬弄是非。因此，从南到北，都愿意用他，来约的人不少，他在家赋闲当"散仙"的时候不多。

他给言菊朋挂过二牌，有时在头里唱一出，也有时陪着言菊朋唱唱《汾河湾》一类的"对儿戏"。这大概是云致秋的艺术生涯登峰造极的时候了。

我曾问过致秋："你为什么不自己挑班？"致秋说："有人撺掇过我。我也想过。不成，我就这半碗。唱二路，我有富裕，挑大梁，我不够。不要小鸡吃绿豆，强努。挑班，来钱多，事儿还多哪。挑班，约人，处好了，火炉子，热烘烘的；处不好，‘虱子皮袄’，还得穿它，又咬得慌。还得到处请客、应酬、拜门子，我淘不了这份神。这样多好，我一个唱二旦的，不招风，不惹事。黄金荣、杜月笙、袁良、日本宪兵队，都找寻不到我头上。得，有碗醋卤面吃就行啦！”

致秋在外码头搭班唱戏了，所得包银，就归自己了。不过到哪儿，回北京，总得给于先生带回点什么。于先生病故，他出钱买了口好棺材，披麻戴孝，致礼尽哀。

攒了点钱，成了家。媳妇相貌平常，但是性情温厚，待致秋很好，净变法子给他做点好吃的，好让他的“火炉子”烧得旺旺的。

跟云致秋在一起，待一天，你也不会闷得慌。他爱聊天，也会聊。他的聊天没有什么目的。聊天还有什么目的？——有。有人爱聊，是在显示他的多知多懂。剧团有一位就是这样，他聊完了一段，往往要来这么几句：“这种事你们哪知道啊！爷们，学着点吧！”致秋的爱聊，只是反映出他对生活，对人，充满了近于童心的兴趣。致秋聊天，极少臧否人物。“闲谈莫论人非”，他从不发人隐私，传播别人一点不大见得人的秘闻，以博大家一笑。有时说到某人某事，也会发一点善意的嘲笑，但都很有分寸，决不流于挖苦刻薄。他的嘴不损。他的语言很生动，但不装腔作势，故弄玄虚。有些话说得很逗，但不是“膈肢”人，不“贫”。他走南闯北，知道的事情很多，而且每个细节都记得非常清楚——这真是一种少有的才能，一个小说家必备的才能！这事发生在哪一年，那年洋面多少钱一袋；是樱桃、桑葚下来的时候，还是韭花开的时候，一点错不了。我写过一个关于裘盛戎的剧本，把初稿送给他看过，为了核对一些事实，主要是盛戎到底跟杨小楼合演过《阳平关》没有。他那时正在生病，给我写了一个字条：

“盛戎和杨老板合演《阳平关》实有其事。那是一九三五年，盛戎二十，我十七。在华乐。那天杨老板的三出。头里一出是朱琴心的《采花赶府》(我的丫环)。盛戎那时就有观众，一个引子满堂好。……”

这大概是致秋留在我这里的唯一的一张“遗墨”了。头些日子我翻出来看过，不胜感慨。

致秋是北京解放后戏曲界第一批入党的党员。在第一届戏曲演员讲习会的时候就入党了。他在讲习会表现好，他有文化，接受新事物快。许多闻所未闻的革命道理，他听来很新鲜，但是立刻就明白了，“是这么个理儿！”许多老艺人对“猴变人”，怎么也想不通。在学习“谁养活谁”时，很多底包演员一死儿认定了是“角儿”养活了底包。他就掰开揉碎地给他们讲，他成了一个实际上的学习辅导员——虽然讲了半天，很多老艺人还是似通不通。解放，对于云致秋，真正是一次解放，他的翻身感是很强烈的。唱戏的不再是“唱戏低”了，不是下九流了。他一辈子傍角儿。他和挑班的角儿关系处得不错，但他毕竟是个唱二旦的，不能和角儿平起平坐。“是龙有性”，角儿都有角儿的脾气。角儿今天脸色不好，全班都像顶着个雷。入了党，致秋觉得精神上长了一块，打心眼儿里痛快。“从今往后，我不再傍角儿！我傍领导！傍组织！”

他回剧团办过扫盲班。这个“盲”真不好扫呀。

舞台工作队有个跟包打杂的，名叫赵旺。他本叫赵旺财。《荷珠配》里有个家人，叫赵旺，专门伺候员外吃饭。员外后来穷了，还是一来就叫“赵旺！——我要吃饭了”。“赵旺”和“吃饭”变成了同义语。剧团有时开会快到中午了，有人就提出：“咱们该赵旺了吧！”这就是说：该吃饭了。大家就把赵旺财的财字省了，上上下下都叫他赵旺。赵旺出身很苦（他是个流浪孤儿，连自己的出生年月都不知道），又是“工人阶级”，“文化大革命”中就成了几个战斗组争相罗致的招牌，响的造反派。

就是这位赵旺老兄，曾经上过扫盲班。那时扫盲没有新课本，还是沿用“人手足刀尺”。云致秋在黑板上写了个“足”字，叫赵旺读。赵旺对着它相了半天面。旁边有个演员把脚伸出来，提醒他。赵旺读出来了：“鞋！”云致秋摇摇头。那位把鞋脱了，赵旺又读出来了：“哦，袜子。”云致秋又摇摇头。那位把袜子也脱了，赵旺大声地读了出来：“脚巴丫子！”

（云致秋想：你真行！一个字会读成四个字！）

扫盲班结束了，除了赵旺，其余的大都认识了不少字，后来大都能看《北京晚报》了。

后来，又办了一期学员班。

学员班只有三个人是脱产的，都是从演员里抽出来的，一个贾世荣，是唱里子老生的，一个云致秋，算是正副主任。还有一个看功的老师马四喜。

马四喜原是唱武花脸的，台上不是样儿，看功却有经验。他父亲就是在科班里抄功的。他有几个特点。一是抽关东烟，闻鼻烟，绝对不抽纸烟。二是肚子里很宽，能读“三列国”，《永庆升平》《三侠剑》，倒背如流。另一个特点是讲话爱用成语，又把成语的最后一个字甚至几个字“歇”掉。他在学员练功前总要讲几句话：

“同志们，你们可都是含苞待，大家都有锦绣前！这练功，一定要硬砍实，可不能偷工减！千万不要少壮不，将来可就要老大徒啦！——踢腿！走！”

贾世荣是个慢性子，什么都慢。台上一场戏，他一上去，总要比别人长出三五分钟。他说话又喜欢咬文嚼字，引经据典。所据经典，都是戏。他跟一个学员谈话，告诫他不要骄傲：“可记得关云长败走麦城之故耳？……”下面就讲开了《走麦城》。从科班到戏班，除此以外，他哪儿也没去过。不知道谁的主意，学员班要军事化。他带操，“立正！报数！齐步走！”这都不错。队伍走到墙根了，他不叫“左转弯走”或“右转弯走”，也不知道叫“立定”，一下子慌了，就大声叫：“吁……！”云致秋和马四喜也跟在队后面走。马四喜炸了：“怎么碴儿！把我们全当成牲口啦！”

贾世荣和马四喜各执其事，不负全面责任，学员班的一切行政事务，全面由云致秋一个人操持。借房子，招生，考试，政审，请教员。谁的五音不全，谁的上下身不合。谁正在倒仓，能倒过来不能。谁的半月板扭伤了，谁撕裂了韧带，请大夫，上医院。男生干架，女生斗嘴……事无巨细，都得要管。每天还要说戏。凡是小嗓的，他全包了，青衣、花旦、刀马，唱做念打，手眼身法步，一招一式地教。

学员班结业，举行了汇报演出。剧团的负责人，主要演员都到场看了——一半是冲着云致秋的面子去的。“咱们捧捧致秋！办个学员班，不易！”——“捧捧！”党委书记讲话，说学员班办得很有成绩，为剧团输送了新的血液。实际上是输送了一些“院子过道”、宫女丫鬟。真能唱一出的，没有两个。当初办学员班，目的就在招“院子过道”、宫女丫鬟，没打算让他们唱一出。

致秋后来又当了一任排练科长。排练科是剧团最敏感的部门。演员们说，剧团只有两件事是“过真格”的。一是“拿顶”。“拿顶”就是领工资——剧团叫“开支”。过去领工资不兴签字，都要盖戳。戳子都是字朝下，如拿顶，故名“戳子拿顶”。一简化，就光剩下“拿顶”了。“嗨，快去，拿顶来！”另一件，是排戏。一个演员接连排出几出戏，观众认可了，噌噌噌，就许能红了。几年不演戏，本来有两下子的，就许窝了回去。给谁排啦，不给谁排啦；派谁什么角色啦，讨俏不讨俏，费力不费力，广告上登不登，戏单上有没有名字……剧团到处嘁嘁喳喳，交头接耳，咬牙跺脚，两眼发直，整天就是这些事儿。排练科长，官不大，权不小。权这个东西是个古怪东西，人手里有它，就要变人性。说话调门儿也高啦，用的字眼儿也不同啦，神气也变啦。谁跟我不错，“好，有在那里！”谁得罪过我，“小子，你等着吧，只我当一天科长，你就甭打算痛快！”因此，两任排练科长，没有不招恨的。有人甚至在死后还挨骂：“×××，真他妈不是个东西！”云致秋当了两年排练科长，风平浪静。他排出来的戏码，定下的“人位”（戏班把分派角色叫作“定人位”），一碗水端平，谁也挑不出什么来。有人给他家装了一条好烟，提了两瓶酒，几斤苹果，致秋一概婉辞拒绝：“哥们！咱们不过这个！我要不想抽您那条大中华，喝您那两瓶西凤，我是孙子！可我现在在这个位置上，不能让人戳我的脊梁骨。您拿回去！咱们天知地知，你知我知，就当没有这回事！”

后来致秋调任了办公室副主任——主任是贾世荣。

他这个副主任没地儿办公。办公室里会计、出纳、总务、打字员，还有贾主任独据一张演《林则徐》时候特制的维多利亚时代硬木雕花的大写字台（剧团很多家具都是舞台上撤下来的大道具），都满了。党委办公室还有一张空桌子，“得嘞，我就这儿就乎就乎吧！”我们很欢迎他来，他来了热闹。他不把我们看成“外行”，对于从老解放区来的，部队下来的，老郭、老吴、小冯、小梁，还有像我这样的“秀才”，天生来有一种好感。我们很谈得来。他事实上成了党委会的一名秘书。党委和办公室的工作原也不大划得清。在党委会工作的几个人，没有十分明确的分工。有了事，大家一齐动手；没事，也可以瞎聊。致秋给自己的工作概括成为四句话：跑跑颠颠，上传下达，送往迎来，喜庆堂会。

党委会经常要派人出去开会。有的会，谁也不愿去，就说：“嗨，致秋，你去吧！”“好，我去！”市里或区里布置春季卫生运动大检查、植树、“交通安全宣传周”以及参加刑事杀人犯公审（公审后立即枪决）……这都是他的事。回来，传达。他的笔记记得非常详细，有闻必录。让他念念笔记，他开始念了：“张主任主持会议。张主任说：‘老王，你的糖尿病好了一点没有？’……”问他会议的主要精神是什么，什么是张主任讲话的要点，答曰：“不知道。”他经常起草一些向上面汇报的材料，翻翻笔记本，摊开横格纸就写，一写就是十来张。写到后来，写不下去了，就叫我：“老汪，你给我瞧瞧，我这写的是什么呀？”我一看：哩哩啦啦，啰唆重复，不知所云。他写东西还有个特点，不分段，从第一个字到末一个句号，一气到底，一大篇！经常得由我给他“归置归置”，重新整理一遍。他看了说：“行！你真有两下。”我说：“你写之前得先想想，想清楚再写呀。李笠翁说，要袖手于前，才能疾书于后哪！”——“对对对！我这是疾书于前，袖手于后！写到后来，没了辙了！”

他的主要任务，实际是两件。一是做上层演员的统战工作。剧团的党委书记曾有一句名言：剧团的工作，只要把几大头牌的工作做好，就算搞好了一半。云致秋就是搞这种工作的工具。另一件，是搞保卫工作。

致秋经常出入于头牌之门，所要解决的都是些难题。主要演员彼此常为一些事情争，争剧场（谁都愿上工人俱乐部、长安、吉祥，谁也不愿去海淀，去圆恩寺……），争日子口（争节假日，争星期六、星期天），争配角，争胡琴，争打鼓的。致秋得去说服其中的一个顾全大局，让一让。最近“业务”不好，希望哪位头牌把本来预订的“歇工戏”改成重头戏；为了提拔后进，要请哪位头牌“捧捧”一个青年演员，跟她合唱一出“对儿戏”；领导上决定，让哪几个青年演员“拜”哪几位头牌，希望头牌能“收”他们……这些等等，都得致秋去说。致秋的工作方法是进门先不说正事，三叔二舅地叫一气，插科打诨，嘻嘻哈哈，然后才说："我今儿来，一来是瞧瞧您，再，还有这么档事……"他还有一个偏方，是走内线。不找团长（头牌都是团长、副团长），却找"团太"。——这是戏班里兴出来的特殊称呼，管团长的太太叫"团太"。团太知道他无事不登三宝殿，有时绷着脸："三婶今儿不高兴，给三婶学一个！"致秋有一手绝活：学人。甭管是台上、台下，几个动作，神情毕肖。凡熟悉梨园行的，一看就知道是谁。他经常学的是四大须生出场报名，四人的台步各有特色，音色各异，对比鲜明："漾（杨）抱（宝）森"（声音浑厚，有气无力）；"谭富音（英）"（又高又急又快，"英"字抵腭不穿鼻，读成"鬼音"）；"奚啸伯"（嗓音很细，"奚、啸"皆读尖字，"伯"字读为入声）；"马——连——良呃！"（吊儿郎当，满不在乎）。逗得三婶哈哈一乐："什么事？说吧！"致秋把事情一说。"就这么点事儿呀？嗐！没什么大不了的！行了，等老头子回来，我跟他说说！"事情就算办成了。

党委会的同志对他这做法很有意见。有时小冯或小梁跟他一同去，出了门就跟他发作："云致秋！你这是干什么！——小丑！"——"是小丑！咱们不是为把这点事办圆全了吗？这是党委交给我的任务，我有什么办法？你当我愿意哪！”

云致秋上班有两个专用的包。一个是普通双梁人造革黑提包，一个是带拉链、有一把小锁的公文包。他一出门，只要看他的自行车把上挂的是什么包，就知道大概是上哪里去。如果是双梁提包，就不外是到区里去，到文化局或是市委宣传部去。如果是拉锁公文包，就一定是到公安局去。大家还知道公文包里有一个蓝皮的笔记本。这笔记本是编了号的，并且每一页都用打号机打了页码。这里记的都是有关治安保卫的材料。材料有的是公安局传达的，有的是他向公安局汇报的。这些笔记本是绝对保密的。他从公安局开完会，立刻回家，把笔记本锁在一口小皮箱里。云致秋那么爱说，可是这些笔记本里的材料，他绝对守口如瓶，没有跟任何人谈过。谁也不知道这里面写的是什么，不少人都很想知道。因为他们知道这些材料关系到很多人的命运。出国或赴港演出，谁能去，谁不能去；谁不能进人民大会堂，谁不能到小礼堂演出；到中南海给毛主席演戏，名单是怎么定的……这些等等，云致秋的小本本都起着作用。因为那只拉锁公文包和包里的蓝皮笔记本，使很多人暗暗地对云致秋另眼相看，一看见他登上车，车把上挂着那个包，就彼此努努嘴，暗使眼色。这些笔记本，在云致秋心里，是很有分量的。他感到党对自己的信任，也为此觉得骄傲，有时甚至有点心潮澎湃，壮怀激烈。

因为工作关系，致秋不但和党委书记、团长随时联系，和文化局的几位局长也都常有联系。主管戏曲的、主管演出的和主管外事的副局长，经常来电话找他。这几位局长的办公室，家里，他都是推门就进。找他，有时是谈工作，有时是托他办点私事——在全聚德订两只烤鸭，到前门饭店买点好烟、好酒……有时甚至什么也不为，只是找他来瞎聊聊，解解闷（少不得要喝两盅）。他和局长们虽未到了称兄道弟的程度，但也可以说是“忘形到尔汝”了。他对局长，从来不称官衔，人前人后，都是直呼其名。他在局长们面前这种自由随便的态度很为剧团许多演员所羡慕，甚至嫉妒。他们很纳闷：云致秋怎么能和头儿们混得这样熟呢？

致秋自己说的“四大任务”之一的“喜庆堂会”，不是真的张罗唱堂会——现在还有谁家唱堂会呢？第一是张罗拜师。有一阵戏曲界大兴拜师之风。领导上提倡，剧团出钱。只要是看来有点出息的演员，剧团都会由一个老演员把他（她）们带着，到北京来拜一个名师。名演员哪有工夫教戏呀？他们大都有一个没有嗓子可是戏很熟的大徒弟当助教。外地的青年演员来了，在北京住个把月，跟着大师哥学一两出本门的戏，由名演员的琴师说说唱腔，临了，走给老师看看，老师略加指点，说是“不错！”这就高高兴兴地回去，在海报上印上“×××老师亲授”字样，顿时身价十倍，提级加薪。到北京来，必须有人“引见”。剧团的老演员很多都是先报云致秋，因为北京的名演员的家里，致秋哪家都能推门就进。拜师照例要请客。文化局的局长、科长，剧团的主要演员、琴师、鼓师，都得请到。云致秋自然少不了。致秋这辈子经手操办过的拜师仪式，真是不计其数了。如果你愿意听，他可以给你报一笔总账，保管落不下一笔。

致秋忙乎的另一件事是帮着名角办生日。办生日不过是借名请一次客。致秋是每请必到，大都是头一个。他既是客人，也一半是主人——负责招待。他是不会忘记去吃这一顿的，名角们的生辰他都记得烂熟。谁今年多大，属什么的，问他，张口就能给你报出来。

我们对致秋这种到处吃喝的作风提过意见。他说：“他们愿意请，不吃白不吃！”

致秋火炉子好，爱吃喝，但平常家里的饭食也很简单。有一小包天福的酱肘子，一碟炒麻豆腐，就酒菜、饭菜全齐了。他特别爱吃醋卤面。跟我吹过几次，他一做醋卤，半条胡同都闻见香。直到他死后，我才弄清楚醋卤面是一种什么面。这是山西“吃儿”（致秋原籍山西）。我问过山西人，山西人告诉我：“嗐！茄子打卤，搁上醋！”这能好吃到哪里去吗？然而我没能吃上致秋亲手做的醋卤面，想想还是有些怅然，因为他是诚心请我的。

云致秋“解放”得比较早。

成立了革委会。上面指示：要恢复演出。团里的几出样板戏，原来都是云致秋领着到样板团去“刻模子”刻出来的，他记性好，能把原剧复排出来。剧中有几个角色有政治问题，得由别人顶替，这得有人给说。还有几个红五类的青年演员要培养出来接班。军代表、工宣队和革委会的委员们一起研究：还得把云致秋“请”出来。说是排戏，实际上是教戏。

云致秋爱教戏，教戏有瘾，也会教。有的在北京、天津、南京已经颇有名气的演员，有时还特意来找致秋请教。不管哪一出，他都能说出个幺二三，官中大路是怎样的，梅在哪里改了改，程在哪里走的是什么，简明扼要，如数家珍。单是《长坂坡》的“抓帔”，我就见他给不下七八个演员说过。只要高盛麟来北京演出《长坂坡》，给盛麟配戏的旦角都得来找致秋。他教戏还是有教无类，什么人都给说。连在党委会工作的小梁，他都愣给她说了一出《玉堂春》，一出《思凡》。

不过培养这几个红五类接班人，可把云致秋给累苦了。这几个接班人完全是“小老斗”[1]，连脚步都不会走，致秋等于给她们重新开蒙。他给她们“掰扯”嘴里，“抠嗤”身上，得给她们说“范儿”。“要先有身上，后有手”“劲儿在腰里，不在肩膀上”“先出左脚，重心在右脚，再出右脚，把重心移过来”……他帮她们找共鸣，纠正发音位置，哪些字要用丹田，哪些字“嘴里唱”就行了。有一个演员嗓音缺乏弹性，唱不出“擞音”，声音老是直的，他恨不得钻进她的嗓子，提喽着她的声带让它颤动。好不容易，有一天，这个演员有了一点“擞”，云致秋大叫了一声：“我的妈呀，你总算找着了！”致秋一天三班，轮番给这几位接班人说戏，每说一个“工时”，得喝一壶开水。

致秋教学生不收礼，不受学生一杯茶。剧团有这么一个不成文的规矩，老师来教戏，学生得给预备一包好茶叶。先生把保温杯拿出来，学生立刻把茶叶折在里

① 未经严格训练，一举一动都不是样儿，叫作“老斗”。

面，给沏上，闷着。有的老师就有一个杯子由学生保存，由学生在提兜里装着，老师来到，茶已沏好。致秋从不如此，他从来是自己带着一个“瓶杯”——玻璃水果罐头改制的，里面装好了茶叶。他倒有几个很好看的杯套，是女生用玻璃丝编了送他的。

于是云致秋又成了受人尊敬的“云老师”，“云老师”长，“云老师”短，叫得很亲热。因为他教学有功，几出样板戏都已上演，有时有关部门招待外国文化名人的宴会，他也收到请柬。他的名字偶尔在报上出现，放在“知名人士”类的最后一名。“还有知名人士×××、×××、云致秋”。干部学习班的“同学”有时遇见他，便叫他“知名人士”，云致秋：“别逗啦！我是‘还有’！”

在云致秋又“走正字”的时候，他得了一次中风，口眼歪斜。他找了小孔。孔家世代给梨园行瞧病，演员们都很信服。致秋跟小孔大夫很熟。小孔说：“你去找两丸安宫牛黄来，你这病，我包治！”两丸安宫牛黄下去，吃了几剂药，真好了。致秋拄了几天拐棍，后来拐棍也扔了，他又来上班了。

“致秋，又活啦！”

“又活啦。我寻思这回该上八宝山了，没想到，到了五棵松，我又回来啦！”

“还喝吗？”

“还喝！——少点。”

打倒“四人帮”，百废俱兴，政策落实，没想到云致秋倒成了闲人。

原来的党委书记兼团长调走了。新由别的剧团调来一位党委书记兼团长。辛团长（他姓辛）和云致秋原来也是老熟人，但是他带来了全部班底，从副书记到办公室、政工、行政各部门的主任、会计出纳、医务室的大夫，直到扫楼道的工人、看传达室的……他没有给云致秋安排工作。局里的几位副局长全都“起复”了，原来分工干什么的还干什么。有人劝致秋去找找他们，致秋说：“没意思。”这几位头头，原来三天不见云致秋，就有点想他。现在，他们想不起他来了。局长们的胸怀不会那样狭窄，他们不会因为致秋曾经揭发过他们的问题而耿耿于怀，只是他们对云致秋的感情已经很薄了。有时有人在他们面前提起致秋，他们只是淡淡地说：“云致秋，还是那么爱逗吗？”

致秋是个热闹惯了、忙活惯了的人，他闲不住。闲着闲着，就闲出病来了。病走熟路，他那些老毛病挨着个儿来找他，他于是就在家里歇病假，哪儿也不去。他的工资还是团里领，每月月初，由他的女儿来“拿顶”，他连团里大门也不想迈。

他的老伴忽然死了，死于急性心肌梗死。这对于致秋的打击是难以想象的。他整个地垮了。在他老伴的追悼会上，他站不起来，只是瘫坐在一张椅子里，不停地流泪。熟人走过，跟他握手，他反复地说：“我完了！我完了！”老伴火化了，他也就被送进了医院。

他出院后，我和小冯、小梁去看他。他精神还好，见了我们挺高兴。

“哎呀，你们几位还来呀！——我这儿现在没有什么人来了！”

我们给他带了一点水果，一只烧鸡，还有一瓶酒。他用手把烧鸡撕开，喝起来。

喝着酒，他说：“老汪，小冯，小梁，我告诉你们，我活不了多久了。”

我们都说：“别瞎说！你现在挺好的。”

“不骗你们！这一阵我老是做梦，梦见我媳妇。昨儿夜里还梦见。我出外，她送我。跟真事一模一样。那年，李世芳坐飞机摔死那年，我要上青岛去。下大雨。前门火车站前面水深没脚脖子。她蹚着水送我。火车快开了，她说：‘咱们别去了！咱们不挣那份钱！’那回她是这么说来着。一样！清清楚楚，说话的声音，神气！快了，我们就要见面了。”

小冯说：“你是一个人在家里闷的，胡思乱想！身体再好些，外边走走，找找熟人，聊聊！”

“我原说我走在她头里，没想到她倒走在我头里。一辈子的夫妻，没红过脸。现在我要换衣服，得自己找了。——我女儿她们不知道在哪儿。这是怎么说的，就那么走了！”

又喝了两杯酒，他说，像是问我们，又像是自言自语：

“我这也是一辈子。我算个什么人呢？”

小冯调到戏校管人事，她和戏校的石校长说：

“云致秋为什么老让他闲着？他还能发挥作用。咱们还缺教员，是不是把他调过来？”

石校长一听，立刻同意：“这个人很有用！他们不要，我们要！你就去办这件事！”

小冯找到致秋，致秋欣然同意。他说：“过了冬天，等我身体好一点，不太喘了，就去上班。”

我因事到南方去转了一圈，回来时，听小梁说："云致秋死了。"

"什么病？"

"他的病多了！前一阵他觉得身体好了些，想到戏校上班。别人劝他再休息休息。他弄了一台录音机，对着录音机说戏，想拿到戏校给学生先听着。接连说了五天，第六天，不行了。家里没有人。邻居老关发现了，赶紧叫了几个人，弄了一辆车，把他送到医院。到了医院，已经没有脉了。他在车上人还清楚，还说了一句话：'给我一条手绢。'车上人很急乱，他的声音很小，谁也没注意，只老关听见了。"

这时候，他要一条手绢干什么？"给我一条手绢"是他最后说的一句话，但是这大概不能算是"遗言"。

要给致秋开追悼会。我们几个人算是他的老战友了，大家都说："去！一定去！别人的追悼会可以不去，致秋的追悼会一定得去！"

我们商量着要给致秋送一副挽联。我想了想，拟了两句。小梁到荣宝斋买了两张云南宣，黏接好了，我试了试笔，就写起来：

跟着谁，傍着谁，立志甘当二路角；

会几出，教几出，课徒不受一杯茶。

大家看了，都说："贴切"。

论演员，不过是二路；论职务，只是办公室副主任和戏校教员，我们知道，致秋的追悼会的规格是不会高的，——追悼会也讲规格，真是叫人丧气！但是没有想到会是这样凄惨。来的人很少。一个小礼堂，稀稀落落地站了不满半堂人。戏曲界的名人，致秋的"生前友好"，甚至他教过的学生，很多都没有来。来的都是剧团的一些老熟人：贾世荣、马四喜、赵旺……花圈倒不少，把两边墙壁都摆满了。这是向火葬场一总租来的。落款的人名好些是操办追悼会的人自作主张地写上去的，本人都未必知道。挽联却只有我们送的一副，孤零零的，看起来颇有点嘲笑的味道。石校长致悼词。上面供着致秋的遗像。致秋大概第一次把照片放得这样大。小冯入神地看着致秋的像，轻轻地说："致秋这张像拍得很像。"小梁点点头："很像！"

我们到后面去向致秋的遗体告别。我参加追悼会，向来不向遗体告别，这次是破例。致秋和生前一样，只是好像瘦小了些。头发干了，干得像草。脸上很平静。一个平日爱跟致秋逗的演员对着致秋的脸端详了很久，好像在想什么。他在想什么呢？该不会是想：你再也不能把眉毛眼睛鼻子纵在一起了吧？

天很晴朗。

我坐在回去的汽车里，听见一个演员说了一句什么笑话，车里一半人都笑了起来。我不禁想起陶渊明的《拟挽歌辞》："向来相送人，各自还其家。亲戚或余悲，他人亦已歌。"不过，在云致秋的追悼会后说说笑话，似乎是无可非议的，甚至是很自然的。

致秋死后，偶尔还有人谈起他：

"致秋人不错。"

"致秋教戏有瘾。他也会教，说得都是地方，能说到点子上。——他会得多，见得也多。"

最近剧团要到香港演出，还有人念叨：

"这会儿要是有云致秋这样一个又懂业务，又能作保卫工作的党员，就好了！"

一个人死了，还会有人想起他，就算不错。

一九八三年七月二日写完，为纪念一位亡友而作

（这是小说，不是报告文学。文中所写，并不都是真事。）

晚饭后的故事

京剧导演郭庆春就着一碟猪耳朵喝了二两酒，咬着一条顶花带刺的黄瓜吃了半斤过了凉水的麻酱面，叼着前门烟，捏了一把芭蕉扇，坐在阳台上的竹躺椅上乘凉。他脱了个光脊梁，露出半身白肉。天渐渐黑下来了。楼下的马缨花散发着一阵一阵的清香。衡水老白干的饮后回甘和马缨花的香味，使得郭导演有点醺醺然了……

郭庆春小时候，家里很穷苦。父亲死得早，母亲靠缝穷维持一家三口的生活——郭庆春还有个弟弟，比他小四岁。每天早上，母亲蒸好一屉窝头，留给他们哥俩，就夹着一个针线笸箩，上市去了。地点没有定准，哪里穿破衣服的人多就奔哪里。但总也不出那几个地方。郭庆春就留在家里看着弟弟。他有时也领着弟弟出去玩，去看过妈给人缝穷。妈靠墙坐在街边的一个马扎子上，在闹市之中，在车尘马足之间，在人们的腿脚之下，挣着他们明天要吃的杂和面儿。穷人家的孩子懂事早。冬天，郭庆春知道妈一定很冷；夏天，妈一定很热，很渴，很困。缝穷的冬天和夏天都特别长。郭庆春的街坊、亲戚都比较贫苦，但是郭庆春从小就知道缝穷的比许多人更卑屈、更低贱。他跟着大人和比他大些的孩子学会了说许多北京的俏皮话、歇后语：“武大郎盘杠子——上下够不着”“户不拉喂饭——不正经玩儿”，等等，有一句歇后语他绝对不说，小时候不说，长大以后也不说：“缝穷的撒尿——瞅不冷子”。有一回一个大孩子当他面说了一句，他满脸通红，跟他打了一架。那孩子其实是无心说的，他不明白郭庆春为什么生那么大的气。

这个穷苦的出身，日后给他带来了无限的好处。

郭庆春十二三岁就开始出去奔自己的衣食了。

他有个舅舅，是在剧场（那会儿不叫剧场，叫戏园子，或者更古老一些，叫戏馆子）里“写字”的。写字是写剧场门口的海报，和由失业的闲汉扛着走遍九城的海报牌。那会儿已有报纸，剧场都在报上登了广告，可是很多人还是看了海报牌，知道哪家剧场今天演什么戏，才去买票的。舅舅的光景比郭家好些，也好不到哪里去。他时常来瞧瞧他的唯一的妹妹。他提出，庆春长得快齐他的肩膀高了（舅舅是个矮子），能把自己吃的窝头挣出来了。舅舅出面向放印子的借了一笔本钱，趸了一担西瓜。郭庆春在陕西巷口外摆了一个西瓜摊，把瓜切成块，卖西瓜。

他穿了条大裤衩，腰里插着一把芭蕉扇，学着吆唤：

“唉，闹块来！

脆沙瓤口哀，

赛水糖口哀，

唉，闹块来！……”

他头一回听见自己吆唤，有一种说不出来的新鲜感。他竟能吆唤得那样像。这不是学着玩，这是真事！他的弟弟坐在小板凳上看哥哥做买卖，也觉得很新鲜。他佩服哥哥。晚上，哥俩收了摊子，飞跑回家，把卖得的钱往妈面前一放：

“妈！钱！我挣的！”

妈这天给他们炒了个麻豆腐吃。

这种新鲜感很快就消失了。西瓜生意并不那样好。尤其是下雨天。他恨下雨。

有一天，倒是大太阳，卖了不少钱。从陕西巷里面开出一辆军用卡车，一下子把他的西瓜摊带翻了，西瓜滚了一地。他顾不上看摔破了、压烂了多少，纵起身来一把抓住卡车挡板后面的铁把手，哭喊着：

“你赔我！你赔我瓜！你赔我！”

卡车不理碴儿，尽快地往前开。

“你赔我！你赔我瓜！”

他的小弟弟迈着小腿在后面追：

“哥哥！哥哥！”

路旁行人大声喊：

“孩子，你撒手！他们不会赔你的！他们不讲理！孩子，撒手！快撒手！”

卡车飞快地开着，快开到珠市口了。郭庆春的胳臂吃不住劲了。他一松手，面朝下平拍在马路上。缓了半天，才坐起来。脸上、胸脯拉了好些的道道。围了好些人看。弟弟直哭：“哥哥！唔，哥哥！”郭庆春拉着弟弟的手往回走，一面回头向卡车开去的方向骂：“我操你妈！操你臭大兵的妈！”

在水管龙头上冲了冲，用擦西瓜刀的布擦擦脸，他还得做买卖。——他的滚散了的瓜已经有好心的大爷给他捡回来了。他接着吆唤：

“唉，闹块来！

我操你妈！

闹块来！

我操你臭大兵的妈！

闹块来！”

…………

舅舅又来了。舅舅听说外甥摔了的事了。他跟妹妹说：“庆春到底还小，在街面上混饭吃，还早了点。我看叫他学戏吧。没准儿将来有个出息。这孩长相不错，有个人缘儿，扮上了，不难看。我听他的吆唤，有点膛音。马连良家原先不也是挺苦的吗？你瞧人家这会儿，净吃蹦虾仁！”

妈知道学戏很苦，有点舍不得。经舅舅再三开导，同意了。舅舅带他到华春社科班报了名，立了“关书”。舅舅是常常写关书的，写完了，念给妹妹听听。郭庆春的妈听到：“生死由命，概不负责。若有逃亡，两家寻找。”她听懂了，眼泪直往下掉。她说：“孩子，你要肚里长牙，千万可不能半途而废！我就指着你了。你还有个弟弟！”郭庆春点头，说：“妈，您放心！”

学戏比卖西瓜有意思！

耗顶，撕腿。耗顶得耗一炷香，大汗珠子叭叭地往下滴，滴得地下湿了一片。撕腿，单这个“撕”字就叫人肝颤。把腿愣给撕开，撕得能伸到常人达不到的角度。学生疼得真掉眼泪，抄功的董老师还是使劲地把孩子们的两只小腿往两边掰，毫不怜惜，一面嘴里说：“若要人前显贵，必得人后受罪，小子，忍着点！”

接着，开小翻、开虎跳、前扑、蹿毛、倒插虎、乌龙搅柱、拧旋子、练云里翻……

这比卖西瓜有意思。

吃的是棒子面窝头、“三合油”——韭菜花、青椒糊、酱油，倒在一个木桶里，拿开水一沏，这就是菜。学生们都吃得很香。郭庆春在出科以后多少年，在大城市的大旅馆里，甚至在国外，还会有时忽然想起三合油的香味，非常想喝一碗。大白菜下来的时候，就顿顿都是大白菜。有的时候，师父——班主忽然高了兴，在他的生日，或是买了几件得意的古董玉器，就吩咐厨子：“给他们炒蛋炒饭！”蛋炒饭油汪汪的，装在一个大缸里，管饱！撑得这些孩子一个一个挺腰凸肚。

师父是个喜怒无常的人。高了兴，给蛋炒饭吃，稍不高兴，就“打通堂”。全科学生，每人五板子，平均对待，无一幸免。这板子平常就供在祖师爷龛子的旁边，谁也不许碰，神圣得很。到要用的时候，“请”下来。掌刑的，就是抄功的董老师。他打学生很有功夫，节奏分明，不紧不慢，轻重如一，不偏不向。师父说一声“搬板凳！”董老师在鼻孔里塞两撮鼻烟，抹了个蝴蝶，用一块大手绢把右手腕子缠住（防止闪了腕子），学生就很自觉地从大到小挨着个儿撩起衣服，趴到板凳上，老老实实，规规矩矩，挨那分内应得的重重的五下。

“打通堂”的原因很多。几个馋嘴师哥把师父买回来放在冰箱里准备第二天吃的熏鸡偷出来分吃了；一个调皮捣蛋的学生在董老师的鼻烟壶里倒进了胡椒面了；一个小学生在台上尿了裤子了……都可以连累大家挨一顿打。

“打通堂”给同科的师兄师弟留下极其甘美的回忆。他们日后聚在一起，常常谈起某一次“打通堂”的经过，彼此互相补充，谈得津津有味。“打通堂”使他们的同学意识变得非常深刻，非常坚实。这对于维系他们的感情，作用比一册印刷精美的同学录要大得多。

一同喝三合油，一同挨“打通堂”，还一同生虱子，一同长疥，三四年很快过去了。孩子们都学会了几出戏，能应堂会，能上戏园子演出了。郭庆春学的是武生，能唱《哪吒闹海》《蜈蚣岭》《恶虎村》……（后来他当了教师，给学生开蒙，也是这几出）。因为他是个小白胖子（吃那种伙食也能长胖，真也是奇迹），长得挺好玩，在节日应景戏《天河配》里又总扮一个洗澡的小仙女，因此到他已经四十几岁，有儿有女的时候，旧日的同学还动不动以此事来取笑："你得了吧！到天河里洗你的澡去吧！"

他们每天排着队上剧场。都穿的长衫、棉袍，冬天戴着小帽头，夏天露着刮得发青的光脑袋。从科班到剧场，要经过一个胡同。胡同里有一家卖炒疙瘩的，掌柜的是个跟郭庆春的妈差不多岁数的大娘，姓许。许大娘特别喜欢孩子——男孩子。科班的孩子经过胡同时，她总站在门口一个一个地看他们。孩子们也知道许大娘喜欢他们，一个一个嘴很甜，走过跟前，都叫她：

"大娘！"

"哎！"

"大娘！"

"哎！"

许大娘知道科班里吃得很苦，就常常抓机会拉一两个孩子上她铺子里吃一盘炒疙瘩。轮流请。华春社的学生几乎全吃过她的炒疙瘩。以后他们只要吃炒疙瘩，就会想起许大娘。吃的次数最多的是郭庆春。科班学生排队从许大娘铺子门前走过，大娘常常扬声叫庆春："庆春哪，你放假回家的时候，到大娘这儿弯一下。"——"哎。"

许大娘有个女儿，叫招弟，比郭庆春小两岁。她很爱和庆春一块玩。许大娘家后面有一个很小的院子，院里有一棵马缨花，两盆茉莉，还有几盆草花。郭庆春吃完了炒疙瘩（许大娘在疙瘩里放了好些牛肉，加了半勺油），他们就在小院里玩。郭庆春陪她玩女孩子玩的抓子儿，跳房子；招弟也陪庆春玩男孩子玩的弹球。谁输了，就让赢家弹一下脑绷，或是拧一下耳朵，刮一下鼻子，或是亲一下。庆春赢了，招弟歪着脑袋等他来亲。庆春只是尖着嘴，在她脸上碰一下。

"亲都不会！饶你一下，重来！"

郭庆春看见招弟耳垂后面有一颗红痣（他头二年就看到了），就在那个地方使劲地亲了一下。招弟咯咯地笑个不停：

"痒痒！"

从此每次庆春赢了，就亲那儿。招弟也愿意让他亲这儿。每次都咯咯地笑，都说"痒痒"。

有一次许大娘看见郭庆春亲招弟，说："哪有这样玩的！"许大娘心里一沉：孩子们自己不知道，他们一天一天大了哇！

渐渐地，他们也知道自己大了，就不再这么玩了。招弟爱瞧戏。她家离戏园子近，跟戏园子的人都很熟，她可以随时钻进去看一会儿。她看郭庆春的《恶虎村》，也看别人的戏，尤其爱看旦角戏。看得多了，她自己也能唱两段。郭庆春会拉一点胡琴。后两年吃完了炒疙瘩，就是庆春拉胡琴，招弟唱“苏三离了洪洞县”“儿的父去投军无音信”……招弟嗓子很好。郭庆春松了琴弦，合上弓，常说：“你该唱戏去的，耽误了，可惜！”

人大了，懂事了。他们有时眼对眼看着，看半天，不说话。马缨花一阵一阵地散发着清香。

许大娘也有了点心事。她很喜欢庆春。她也知道，如果由她做主把招弟许给庆春，招弟是愿意的。可是，庆春日后能成气候吗？唱戏这玩意，唱红了，荣华富贵；唱不红，流落街头。等二年再说吧！

残酷的现实把许大娘的这点淡淡的梦砸得粉碎：庆春在快毕业的那年倒了仓，倒得很苦——一字不出！“子弟无音客无本”，郭庆春见过多少师哥，在科班里是好角儿，一旦倒了仓，倒不过来，拉洋车，卖落花生，卖大碗茶。他惊恐万状，一身一身地出汗。他天不亮就到窑台喊嗓子，他听见自己那一点点病猫一样的嘶哑的声音，心都凉了。夜里做梦，念了一整出《连环套》，“愚下保镖，路过马兰关口……”脆亮响堂，高兴得从床上跳起来。一醒来，仍然是一字不出。祖师爷把他的饭碗收去了，他该怎么办呢？许大娘也知道庆春倒仓没倒过来了。招弟也知道了。她们也反反复复想了许多。

郭庆春只有两条路可走：当底包龙套，或是改行。

郭庆春坐科学戏是在敌伪时期，到他该出科时已经是抗战胜利，国民党中央军来了。“想中央，盼中央，中央来了更遭殃。”物价飞涨，剧场不上座。很多人连赶两包（在两处剧场赶两个角色），也奔不出一天的嚼裹儿。有人唱了一天戏，开的份儿只够买两个茄子，一家几口，就只好吃这两个熬茄子。满街都是伤兵，开口就是“老子抗战八年！”动不动就举起双拐打人。没开戏，他们就坐满了戏园子。没法子，就只好唱一出极其寡淡无味的戏，把他们唱走。有一出戏，叫《老道游山》，就一个角色——老道，拿着云帚，游山。游到哪里，“真好景致也”，唱一段，接着再游。没有别的人物，也没有一点故事情节，要唱多长唱多长。这出戏本来是评剧唱，后来京剧也唱。唱得这些兵大爷不耐烦了：“他妈的，这叫什么戏！”一哄而去。等他们走了，再开正戏。

很多戏曲演员都改了行了。郭庆春的前几科的师哥，有的到保定、石家庄贩鸡蛋，有的在北海管租船，有的卖了糊盐—— 盐炒煳了，北京还有极少数人家用它来刷牙，可是这能卖几个钱？……

有嗓子的都没了辙了，何况他这没嗓子的？他在科班虽然不是数一数二的好角儿，可是是能唱一出的。当底包龙套，他不甘心！再说，当底包龙套也吃不饱呀！郭庆春把心一横：干脆，改行！

春秋两季，拉菜车，从广渠门外拉到城里。夏天，卖西瓜。冬天，卖柿子。一车青菜，两千多斤。头几回拉，累得他要吐血。咬咬牙，也就挺过来了。卖西瓜，是他的老行当。西瓜摊还是摆在陕西巷口外。因为嗓子没音，他很少吆唤。但是人大了，有了经验，隔皮知瓤，挑来的瓜个个熟。西瓜片切得很薄，显得块儿大。木板上铺了蓝布，浦了水，显着这些瓜鲜亮水淋，嗞嗞地往外冒着凉气。卖柿子没有三天的“力笨”，人家咋卖咱咋卖。找个背风的旮旯儿，把柿子挨个儿排在地上，就着路灯的光，照得柿子一个一个黄澄澄的，饱满鼓立，精神好看，谁看了都想到围着火炉嚼着带着冰碴的凉柿子的那股舒服劲儿。卖柿子的怕回暖，尤其怕刮风。一刮风，冻柿子就流了汤了。风再把尘土涂在柿子皮上，又脏又黑，满完！因此，郭庆春就盼着一冬天都是那么干冷干冷的。

卖力气，做小买卖，不丢人！街坊邻居不笑话他。他的还在唱戏和已经改了行的师兄弟有时路过，还停下来跟他聊一会儿。有的师哥劝他别把功撂下，早上起来也到陶然亭喊两嗓子。说是有人倒仓好几年，后来又缓过来的。没准儿，有那一天，还能归到梨园行来。郭庆春听了师哥的话，间长不短的，耗耗腿，拉拉山膀，无非是解闷而已。

郭庆春没有再去看许大娘。他拉菜车、卖西瓜、卖柿子，不怕碰见别的熟人，可就怕碰见许大娘母女。听说，许大娘搬了家了，搬到哪里，他也没打听。北京城那样大，人一分开，就像树上落下两片叶子，风一吹，各自西东了。

北京城并不大。

一天晚上，干冷干冷的。郭庆春穿了件小棉袄，蹲在墙旮旯。地面上的冷气从裆下一直透进他的后脊梁。一辆三轮车蹬了过来，车上坐了一个女的。

“三轮，停停。”

女的揭开盖在腿上的毛毯，下了车。

“这柿子不错，给我包四个。”

她扔下一条手绢，郭庆春挑了四个大的，包上了。他抬起头来，把手绢往上递：是许招弟！穿了一件长毛绒大衣。

许招弟一看，是郭庆春。

“你……这样了！”

郭庆春把脑袋低了下去。

许招弟把柿子钱丢在地下，坐上车，走了。

转过年来，夏天，郭庆春在陕西巷口卖西瓜，正吆唤着（他嗓子有了一点音了），巷里走出一个人来：

“卖西瓜的，递两个瓜来。——要好的。”

“没错！”

郭庆春挑了两个大黑皮瓜，对旁边的纸烟阁子的掌柜说：“劳您驾，给照看一下瓜摊。”——“你走吧。”郭庆春跟着要瓜的那人走，到了一家，这家正办喜事。堂屋正面挂着大红双喜幔帐，屋里屋外一股炮仗硝烟气味。两边摆着两桌酒。已经行过礼，客人入席了。郭庆春一看，新娘子是许招弟！她烫了发，抹了胭脂口红，耳朵下垂着水钻坠子。郭庆春把两个瓜放在旁边的小方桌上，拔腿就跑。听到后面有人喊：

“卖西瓜的，给你瓜钱！”

这是一个张恨水式的故事，一点小市民的悲欢离合。这样的故事在北京城每天都有。

北京解放了。

解放，使许多人的生活发生了急转直下的变化。许多故事产生了一个原来意想不到的结尾。

郭庆春万万没有想到，他会和一个老干部，一个科长结了婚，并且在结婚以后变成现在的郭导演。

北京解放以后，物价稳定，没有伤兵，剧场上座很好。很多改了行的演员又纷纷搭班唱戏了。他到他曾经唱过多次戏的剧场去听过几次蹭戏，紧锣密鼓，使他兴奋激动，筋肉伸张。随着锣经，他直替台上的同行使劲。

一个外地剧经到北京来约人。那个贩卖鸡蛋的师哥来找郭庆春：

“庆春，他们来找了我。我想去。我提了你。北京的戏不好唱。咱先到外地转转。你的功底我知道，这些年没有全撂下，稍稍练练，能捡回来。听你吆唤，嗓子出来了。咱们一块去吧。学了那些年，能就扔下吗？就你那几出戏，管保能震他们一下子。”

郭庆春沉吟了一会儿，说：“去！”

到了那儿，安顿下了，剧团团长领他们几个新从北京约来的演员去见见当地文化局的领导。戏改科的杨科长接见了他们。杨科长很忙，一会儿接电话，一会儿在秘书送来的文件收文簿上签字，显得很果断，很有气魄。杨科长勉励了他们几句，说他们是剧团的“新血液”，希望他们发挥自己的专长，为人民服务。郭庆春连连称是。他对杨科长油然产生一种敬重之情。一个女的，能当科长，了不起！他觉得杨科长的举止动作，言谈话语，都像一个男人，不像是个女的。

重返舞台，心情紧张。一生成败，在此一举。三天“打炮”，提心吊胆。没有想到，一“炮”而红。他第一次听到台下的掌声，好像在做梦。第三天《恶虎村》，出来就有碰头好。以后“四记头”亮相，都有掌声。他扮相好，身上规矩，在台上很有人缘。他也的确是“卯上”了。经过了生活上的一番波折，他这才真正懂得在进科班时他妈跟他说的话：“要肚里长牙”。他在台上从不偷工惜力，他深深知道把戏唱砸了，出溜下来，会有什么后果。他的戏码逐渐往后挪，从开场头一二出挪到中间，又挪到了倒第二。他很知足了，这就到了头。在科班时他就知道自己唱不了大轴，不是那材料。一个人能吃几碗干饭，自己清楚，别人也清楚。

杨科长常去看京剧团的戏。一半由于职务，一半出于爱好。他万万没有想到，她后来竟成了他的爱人。

郭庆春在阳台上忽然一个人失声笑了出来。他的女儿在屋里问："爸爸，你笑什么？"

他笑他们那个讲习会。市里举办了第一届全市旧艺人讲习会。局长是主任，杨科长是副主任。讲《新民主主义论》、社会发展史、政治经济学。小组讨论，真是笑话百出。杨科长一次在讲课时说："列宁说过……"一个拉胡琴的老艺人问："列宁是唱什么的？"——"列宁不是唱戏的。"——"哦，不是唱戏的，那咱们不知道。"又有一次，杨科长鼓励大家要有主人翁思想，这位老艺人没有听明白前言后语，站起来说："咱们是从旧社会来的，什么坏思想都有，就这主人翁思想，咱没有！"原来他以为主人翁思想就是想当班主的思想。

讲习会要发展一批党员。郭庆春被列为培养对象。杨科长时常找他个别谈话。鼓励他建立革命人生观，提高阶级觉悟，提高政治水平，要在政治上有表现，会上积极发言。郭庆春很认真也很诚恳地照办了。他大小会都发言。讲的最多的是新旧社会对比。他有切身感受，无须准备，讲得很真实，很生动。同行的艺人多有类似经历，容易产生共鸣。讲的人、听的人个个热泪盈眶，效果很好。讲习班结业时，讨论发展党员名单，他因为出身好，政治表现突出，很顺利地通过了。他的入党介绍人是杨科长和局长。

第一批发展的党员，回到剧团，全都成了剧团的骨干。郭庆春被提升为副团长、艺委会主任。

因为时常要到局里请示汇报工作，他和杨科长接触的机会就更多了。熟了，就不那么拘谨了，有时也说点笑话，聊点闲天。局里很多人叫杨科长叫杨大姐或大姐，郭庆春也随着叫。虽然叫大姐，他还是觉得大姐很有男子气。

没想到，大姐提出要跟他结婚。他目瞪口呆，结结巴巴，不知说什么好。他觉得和一个领导结婚，简直有点乱伦的味道，他想也没有想过。天地良心，他在大姐面前从来没有起过邪念。他当然同意。

杨科长的老战友们听说她结了婚，很诧异。听说是和一个京剧演员结婚，尤其诧异。她们想：她这是图什么呢？她喜欢他什么？

虽然结了婚，他们的关系还是上下级。不论是在工作上，在家里，她是领导，他是被领导。他习惯于“服从命令听指挥”，觉得这样很舒服，很幸福。

杨科长是个目光远大的人，她得给庆春（和她自己）安排一个远景规划的蓝图。庆春目前一切都很顺利，但要看到下一步。唱武生的，能在台上蹦跶多少年呢？照戏班里的说法，要找一个“落劲”。中央戏剧学院举办导演训练班，学员由各省推荐。市里分到一个名额，杨科长提出给郭庆春，科里、局里都同意。郭庆春在导演训练班学了两年，听过苏联专家的课，比较系统地知道斯坦尼斯拉夫斯基体系。毕业之后，回到剧团，大家自然刮目相看。这个剧团原来没有导演，要排新戏，排《三打祝家庄》《红娘子》，不是向外地剧团学，“刻模子”，就是请话剧团的导演来排。郭庆春学成归来，就成了专职导演。剧团里的人，有人希望他露两手，有人等着看他的笑话。接连排了两个戏，他全“拿”下来了。他并没有用一些斯坦尼的术语去唬人，他知道那样会招人反感。他用一些戏曲演员所熟悉，所能接受的行话临场指挥。比如，他不说“交流”，却说“过电”——“你们俩得过电哪！”他不说什么“情绪的记忆”这样很玄妙的词儿，他只说是“神气”。“你要长神气。——长一点，再长一点！”他用的舞台调度也无非还是斜胡同、蛇蜕皮……但是变了一下，就使得演员既“过得去”“走得上来”，又觉得新鲜。郭导演的威信建立起来了。从此，他不上舞台了。有时，有演员病了，他上去顶一角，人们就要竖大拇指：“瞧人家郭导演，不拿导演架子！好样儿的！”

不但在本剧团，外剧团也常请他。京剧、评剧、梆子，他全导过。一通百通，应付裕如。他导的戏，已经不止一出拍成了戏曲艺术片。郭庆春三个字印在影片的片头，街头的广告上。

他不会再卖西瓜，卖柿子了。

他曾经两次参加戏剧代表团出国，到过东欧、苏联，到过朝鲜。他听了曾经出过国的师哥的建议，带了一包五香粉，一瓶酱油，于是什么高加索烤羊肉、带血的煎牛排，他都能对付。他很想带一罐臭豆腐，经同行团员的劝阻，才没有带。量服装的时候，问他大衣要什么料子，他毫不迟疑地说："长毛绒！"服装厂的同志说在外国，男人没有穿长毛绒的，这才改为海军呢。

他在国外照了好多照片，黑白的，还有彩色的。他的爱人一张一张地贴在仿古缎面的相册上。这些照片上的郭庆春全都是器宇轩昂，很像个大导演。

由于爱人的活动（通过各种"老战友"的关系），他已经调到北京的剧团里来了。他的母亲还健在。他的弟弟由于他的资助，上了学，现在在一家工厂当出纳。他有了一个女儿，已经上小学了。他有一套三居室的单元。他在剧团里自然也有气儿不顺的时候：为一个戏置景置装的费用，演员的"人位"，和领导争得面红耳赤，摔门，拍桌子；偶尔有很“葛”的演员调皮捣蛋“吊腰子”，当面顶撞，出言不逊，气得他要休克，但是这样的时候不多，一年也只是七八次。总的说来，一切都很顺利。他对自己的生活很满意。因为满意，就没有理由不发胖，于是就发胖了。

他的感情是平稳的、柔软的、滑润的，像一块奶油（从国外回来，他养成爱吃奶油的习惯）。

今天遇见了一件事，使他的情绪有一点小小的波动。

剧团招收学员，他是主考。排练厅里摆了一张乒乓案子，几把椅子。他坐在正中的一把上。像当初他进科班时被教师考察一样，一个一个考察着来应试的男孩子、女孩子。看看他们的相貌，体格，叫他们唱两句，拉一个山膀，踢踢腿——来应试的孩子多半在家里请人教过，都能唱几句，走几个“身上”。然后在名单上用铅笔做一些记号。来应试的女孩子里有一个叫于小玲。这孩子一走出来，郭庆春就一愣，这孩长得太像一个人了。他有点走神。于小玲的唱（她唱的是“苏三离了洪洞县”），所走的“身子”，他都没有认真地听，看，名单上于小玲的名字底下，什么记号也没有做。

学员都考完了，于小玲往外走。郭庆春叫住她：

“于小玲。”

于小玲站住：

“您叫我？”

“……你妈姓什么？”

“姓许。”

没错，是许招弟的女儿。

“你爸爸……对，姓于。他还好吗？”

“我爸死了，有五年了。”

“你妈挺好？”

“还可以。”

“……她还是那样吗？”

“您认得我妈？”

“认得。”

“我妈就在外面。妈——！”

于小玲走出排练厅，郭庆春也跟着走出来。

迎面走过来许招弟。

许招弟还那样，只是憔悴瘦削，显老了。

“妈，这是郭导演。”

许招弟看着郭庆春，很客气地称呼一声：

“郭导演！”

郭庆春不知怎么称呼她好，也不能像小时候一样叫她招弟，只好含含糊糊地应了一声，问道：

“您倒好？”

“还凑合。”

“多年不见了。”

“有年头了。——这孩子，您多关照。”

“她不错。条件挺好。”

“回见啦。”

“回见！”

许招弟领着女儿转身走了。郭庆春看见她耳垂后面那颗红痣，有些怅惘。

以上，是京剧导演郭庆春在晚饭之后，微醺之中，闻着一阵一阵的马缨花的香味时所想的一些事。想的时候自然是飘飘忽忽，断断续续的。如果用意识流方法照实地记录下来，将会很长。为省篇幅，只能挑挑拣拣，加以剪裁，简单地勾出一个轮廓。

郭导演想：一个人走过的路真是很难预料。如果不是解放了，他会是什么样子呢？也许还是卖西瓜、卖柿子、拉菜车？……如果他出科时不倒仓，又会是什么样子呢？也许他就唱红了，也许就会和许招弟结了婚。那么于小玲就会是他的女儿，她会不姓于，而姓郭？……

他正在这样漫无边际地想下去，他的女儿在屋里娇声喊道：

“爸，你进来，我要你！”

正好夹在手里的大前门已经吸完，烟头烧痛了他的手指，他把烟头往楼下的马缨花树帽上一扔，进屋去了。

第二天，郭导演上午导了一场戏，中午，几个小青年拉他去挑西瓜。

“郭导演，给我们挑一个瓜。”

“去一边去！当导演的还管挑西瓜呀！”

但还是被他们连推带拽地去了。他站在一堆西瓜前面巡视一下，挑了一个，用右手大拇指按在瓜皮上，用力往前一蹭，放在耳朵边听一听，轻轻拍一下：

“就这个！保证脆沙瓤。生了，瘘了，我给钱！”

他抄起案子上的西瓜刀，一刀切过去，只听见咯喳一声，瓜裂开了：薄皮、红瓤、黑籽。

卖瓜的惊奇地问：

“您卖过瓜？”

“我卖瓜的那阵，还没有你哪！哈哈哈哈……”

他大笑着走回剧团。谁也不知道他的笑声里包含了多少东西。

过了几天，招考学员发了榜，于小玲考取了。人们都说，是郭导演给她使了劲。